행복을 부르는 법칙

# 행복을 부르는 법칙

이 구 상  지음

휴머레신문4

행복을 부르는 법칙  ⓒ 이구상, 2003

초판 1쇄 발행 • 2003년 7월 21일 / 초판 2쇄 발행 • 2003년 8월 20일 / 지은이 • 이구상 / 펴낸이 • 고희범 / 펴낸곳 • 한겨레신문사 / 등록 • 1989년 9월 2일 제1-803호 / 주소 • 서울시 마포구 공덕동 116-25 / 전화 • 710-0544(기획), 710-0563(관리) / 팩시밀리 • 710-0566 / 홈페이지 • www.hanibook.co.kr / 전자우편 • book@hani.co.kr

* 값은 표지에 있습니다.  * 파본은 구입한 서점에서 바꿔 드립니다.

ISBN 89-8431-100-6     03810

# 감사의 글

이 책이 출간되기까지 여러분의 도움이 있었다.

먼저 출판을 허락해 준 한겨레신문사에 감사를 드린다. 한겨레와 인연의 이음줄이 되어 준 사람은 문화부의 조연현 기자였다. 그는 내가 지난 10년 동안 안내해 온 의식개발 프로그램인 아봐타(Avatar) 프로그램을 심층 취재하기 위해 9일 간의 아봐타 코스에 '학생'으로 참가한 것이 인연이 되어 결국 이 책이 출판될 수 있도록 결정적 도움을 주었다.

출판부의 김수영 차장에게도 고마운 뜻을 전한다. 그는 프로그램의 교재가 책으로 다시 태어날 수 있도록 방향을 정확히 잡아주었다. 이렇게나마 내용이 다듬어진 것은 전적으로 그의 격려와 도움 때문이었다.

산야초와 채소 농사를 짓는 '서울 농부' 민형기 씨는 이 책을 처음 계획할 때부터 많은 도움을 주고 있다. 청소년들을 위한 대안교육에 남다른 관심을 가진 그는 자연식 위주로 우리의 전통 밥상을 되살리는 운동에도 앞장서고 있다.

또한 직간접적으로 귀중한 자료를 제공해 준 한국표준과학연구원의 방건웅 박사, 정신세계원의 송순현 원장, 미내사 클럽의 이

원규 대표를 비롯, 나의 프로그램에 기꺼이 참여하여 조언해 준 이동욱 교수, 김성천 교수, 그리고 유영봉 선생을 비롯한 청미래 회원들과 김용량 씨 등 센터링 회원들, 남기조, 김동열, 김시형 선생에게도 사의를 표한다.

그리고 프로그램 교재 제작에 도움을 준 이재호 씨, 늘 따뜻한 격려를 보내주고 있는 적경 스님, 조앤, 하종철, 김용우, 주혜명, 안동환, 이재성, 정의석, 김기호, 김희식 씨와  그동안 아봐타 코스에 참가한 모든 분들께 고마움을 전한다.

아울러 옛 직장 상사로서 지금도 보살펴 주시는 정학재 회장과 태잠회 회원들, 롯데그룹의 오정환 원장께도 깊은 감사를 드린다.

취산, 뿐선생 시대를 함께 살며 한결같은 우정으로 물심양면으로 도움을 주고 있는 고병민, 오진은, 박종대 씨, 그리고 이철승, 신해식 씨 등 나의 평생 길벗들의 도움과 나를 헌신적으로 지켜준 아내와 가족들의 사랑에 머리를 숙인다.

# 행복을 어떻게 찾을 것인가?

    행복은 우리 삶의 과정이며 목적이다. 따라서 삶의 역사는 바로 '행복 추구의 역사'라고 할 수 있다. 우리는 원하는 현실이 만들어지고 그 현실에 만족할 때 뿌듯한 성취감과 행복을 맛보지만, 원치 않는 현실에 놓일 때는 고통과 불행을 느낀다. 이렇게 우리는 행복과 불행이 교차하는 삶을 살고 있다.

    욕망에 사로잡힌 마음은 우리가 애써 만든 행복을 충분히 누릴 겨를도 없이 더 큰 행복을 향해 달려간다. 누릴 수 없는 행복은 불행이라는 사실을 깨닫지 못한 채 행복을 쟁취하기 위해 어떤 아픔이나 불행도 감수한다.

    우리는 살아가면서 행복을 지어내는 과정에서 생기는 이와 같은 불행말고도, 행복한 현실에 만족하지 못하는 불행이나, 행복을 내 뜻대로 지어낼 수 없는 불행 등에 빠진다.

    우리는, 행복은 내 것으로 받아들이지만, 불행은 내가 지어낸 것으로 인정하지 않는다. 그래서 불행을 피해 행복을 찾는다. 행복의 욕망은 불행을 거부하는 마음속에서 잉태된다. 결국 이렇게 지어진 행복은 행복의 가면을 쓴 불행이 되고 만다. 우리가 행복을 오래도록 누리지 못하는 까닭은 너무나 큰 불행을 대가로 치렀거나, 불행의 씨앗을 뿌려 거둔 행복이기 때문이다.

물론 가끔은 별로 가진 게 없는데도 행복해 보이는 사람들이 있다. 그러나 대다수의 이웃들은 나와 같이 지금 여기 있는 행복을 누리지 못하고 앞으로의 행복을 위해 노력하는 불행한 사람들이다. 참으로 행복하고 편안한 사람은 별로 없는 것 같다.

사람들은 물질적으로 풍요로워질수록 행복도 더 커질 거라고 믿어 왔다. 그러나 차츰 우리가 밖에서 얻은 행복이 모두 허망하고 참된 행복이 아니라는 사실을 깨닫기 시작했다. 그동안 지녀왔던 행복에 대한 꿈들은 모두 생존의 위협에 대한 두려움이 만든 환상이었음을 깨달은 것이다.

그렇다면 참된 행복은 어디에 있을까? 또 참된 행복을 영원토록 누릴 방법은 없을까?

우리는 이제 이런 의문에 봉착하게 되었다. 지금까지 내가 지어온 행복은, 물론 내가 지어낸 것이기는 하지만, 그저 내 마음이 시키는 대로 해온 것이다. 그러니까 이제까지 지어온 행복의 설계자는 내가 아니고 내 마음이었던 것이다. 그러니 이제부터는 내가 내 마음의 주인이 되고, 내 마음을 부려 행복의 집을 지을 수 있는 방도를 찾아야만 한다.

양자물리학과 초개인 심리학으로 대표되는 새 시대의 과학은 생명의 근원인 우리의 의식으로부터 삶의 원동력인 무한의 창조 에너지가 흘러나오고 그 에너지가 물질입자화됨으로써 물질로 굳어진다는 사실을 밝혀냈다. 이는 물질과 정신, 다시 말해 우리의 몸과 마음은 결코 둘이 아니며, 그 바탕인 의식의 드러난 두 얼굴임을 알려주는 것이다.

우리는 여기에서 힌트를 얻어 그동안 우리가 겪어온, 불행으로 대표되는 삶의 문제들은 그것이 처음 시작된 원점인 의식에서 푸는 것만이 근원적인 해결책이라는 사실을 알았다.

이제 내 존재의 기반인 의식의 터전 위에서 우리가 영원히 안주할 수 있는 그런 참행복의 집을 지을 새로운 설계도가 필요하다.

이 책은 우리가 지을 행복의 보고(寶庫)가 우리의 의식 속에 있음을 깨닫고, 손수 설계도를 그리고 집을 지어 거기에 안주할 수 있게 해주는 실천적 방법과 기술을 터득하기 위한 것이다. 우리는 이 책에서 행복에 대한 지식을 얻는 게 아니라, 실제로 스스로 행복을 지어내고, 그것을 누릴 수 있는 지혜를 얻을 수 있다. 그런 점에서 이 책은 행복하고 풍요로운 삶을 위한 새로운 지침서이며 활기와 창조성이 넘치는 밝은 생활을 위한 생활관리 프로그램으로 활용될 수 있다.

필자는 지난 1993년부터 10년에 걸쳐 전세계적으로 주목받고 있는 의식개발 프로그램인 아봐타코스의 전문 안내자로서 이 프로그램을 각계 각층에 지도해 오면서 많은 사람들이 삶의 고통과 불행에서 벗어나 참행복의 길을 찾는 모습을 지켜보았다.

사람들은 이와 같은 행복은 허황된 꿈에 불과하다며, 아예 바라지조차 않을지도 모른다. 그러나 우리는 이러한 행복이 우리가 바라지 않고도 누릴 수 있는 천부적 특권이며, 우리 자신에게 줄 수 있는 가장 큰 선물임을 깨달을 수 있다. 우리는 이제 과거와는 달리 애써 붙잡으려고 노력하지 않아도 우리 안에 묻혀 있었던 행복의 광맥을 발견하고, 아울러 거기에서 우리가 겪고 있는 삶의 모든 문제의 해결책을 스스로 찾게 될 것이다.

글은 모두 네 묶음으로 엮었고, 각 묶음마다 주제별로 실제 체험과 활용을 위한 연습을 곁들였다. 우리가 찾아온 행복을 실제로 누리기 위해서는 그것에 대한 이론적인 배경을 이해하는 것이 우선 필요하겠지만, 그보다 더 중요한 것은 실제 연습을 통한 체험이다. 체험을 통해 행복을 온전히 내 것으로 만드는 게 무엇보다 중요하다.

부족하나마 이 책이 우리 모두가 꾸준히 찾아온 참행복을 영원히 누릴 수 있는 유용한 길잡이가 되기를 기원한다.

2003년 7월

청계산 기슭에서 이구상

# 차례

# 3장 ● 행복의 설계도 그리기

# 4장 ● 행복의 집 짓기

행복의 가면을 쓴 불행이 있듯이,
불행의 가면을 쓴 행복도 있다.
사실 불행이란 없다.
누리기를 거부하는 행복이 있을 뿐.

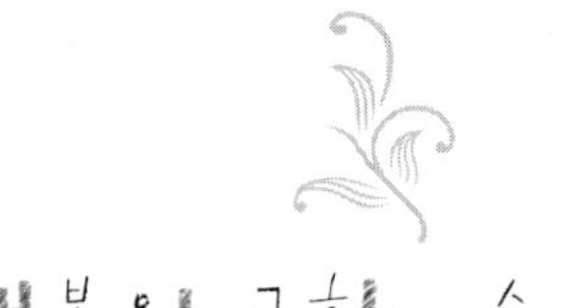

# 행복의 고향 - 순수의식

우리는 태어나서 부모님과 함께 살았던 집에 대한 그리움을 항상 가슴속에 간직하고 있다. 비록 가난한 살림에 보잘것없는 집이었지만 부모님의 따뜻한 사랑이 넘치던 그 시절은 떠올리기만 해도 뿌듯한 행복감에 젖게 한다. 지금은 그때와는 비교할 수 없을 정도로 물질적으로 풍요롭지만, 그 시절의 편안함과 행복을 그리워하고 있다.

우리는 몸과 마음의 욕구가 충족될 때 행복을 느낀다. 지금까지 몸과 마음은 별개로 분리되어 있고, 먼저 몸의 욕망이 채워지면 마음의 행복이 따를 것이라고 생각해 왔다. 물질적으로 풍요로워질수록 행복감도 더욱 커질 것으로 믿어왔던 것이다.

그러나 우리는 온갖 노력을 기울여 지은 행복에 안주하지 못하고 태어나서 자란 집에서 누리던, 하지만 그곳을 떠난 뒤 잃어버리고 만 행복에 대한 향수를 간직하고 있다.

왜 우리는 그때 누렸던 행복을 지금은 누리지 못하는걸까? 그때의 그 충만했던 행복감은 어디로 가버린걸까?

그동안 우리가 애써 지어왔던 행복의 집은 초라한 임시 거처에 불과했다. 우리는 애당초 집이 세워질 집터나 설계자에 대해서는 신경을 쓸 겨를도 없었다. 그저 마음이 시키는 대로 물리적 행동과 노력이라는 재료만으로 날림공사로 집을 지은 것이다. 우리가 이런 식으로 행복을 지어왔던 까닭은 '물질이 정신의 근원'이라는 물질과학 문명의 이원론적 사고방식에 중독되어 있었기 때문이다.

20세기에 들어오면서 이와 같은 믿음은 흔들리게 되었다.

새 시대의 과학, 특히 양자물리학은 물질과 정신은 하나임을 증명해 내고 만물의 근원이 정신활동의 공간인 의식임을 우리에게 일깨워 주었다. 이제 인류는 유물론의 깊은 잠에서 깨어나 내 몸과 마음의 고향이 순수하고 무한한 의식임을 깨닫게 된 것이다. 아직은 확신이 서지 않지만, 우리는 순수의식에서 '나'라고 생각하는 마음이 생겨나 그것이 설계도가 되고, 그 설계도에 따라 이 우주가 지어지는 것임을 짐작할 수 있게 되었다.

우리는 이제 이런 새로운 우주관을 의식적으로 받아들여 순수의식에서 샘솟는 무한의 창조에너지를 원료로 만든 '생각과 느낌'이라는 정신적 재료를 가지고 영원히 참된 행복을 누릴 수 있는 그런 집을 지으려는 것이다. 내 생명의 근원인 순수의식이 무한 능력자인 나의 참모습임을 깨닫고, 그 터전 위에서 내 마음의 주인으로서 손수 행복의 고향집을 지으려는 것이다.

이와 같은 행복의 집이 비현실적인 허황된 꿈에 불과하다고 생각하는 사람이 많다. 그러나 과거와 같은 방식으로 지은 행복의 집에서 우리가 얼마나 행복을 누렸는지 살펴본다면, 임시거처로 삼은 그 행복의 집이 얼마나 비현실적이었는지를 깨달을 수 있지 않을까.

우리가 지을 새로운 행복의 집은 과거와 같이 그것을 짓기 위해 노력하거나 애쓸 필요가 전혀 없을 뿐 아니라, 짓는 과정에서도 고통이나 불행이 생길 수 없다. 오히려 짓는 과정에서 기쁨과 행복을 충만히 느낀다.

이 행복의 집은 지금 이 순간 당신이 그런 의도를 갖는 것만으로도 지을 수 있다. 이것이야말로 가장 확실하게 당신의 행복을 보장해 줄 수 있는 가장 현실성 있는 방식이다. 당신은 과거에도 이와 같은 방식으로 집을 지은 적이 있었다. 그러나 그때는 당신 자신도 모르게 그렇게 지었던 것이다.

짓는 방식이 과거와 다른 점은 과거처럼 당신의 마음이 시키는 대로가 아닌, 당신이 마음의 주인이 되어, 다시 말해 당신의 생명력의 근원인 무한하고 순수한 의식을 터전으로 삼아  당신이 의도적으로 선택한 방식대로 짓는다는 것뿐이다.

순수의식이라는 게 나와 다른 세계에 있는, 나와 떨어져 있는 존재로 믿을 수도 있지만, 그런 믿음은 당신의 몸을 실체로 보고 갖게 된 사고방식이다. 만약 순수의식이 나와 떨어져 있는 또 다른 존재라면 우리는 '그 존재의 근원은 무엇인가'라는 꼬리에 꼬리를 무는 의문 속으로 다시 빠져들고 만다.

무엇에다 어떤 이름을 붙이는 순간, 그것은 나와 따로 떨어져 있는, 나와 다른 무엇으로 느껴질 수밖에 없다. 우리가 순수의식을 '나의 근원'이라고 정의를 내리는 순간, 순수의식은 그 무엇이 되어버리고 만다. 그래서 우리는 순수의식을 '어떤 한계도 없는 순수한 의식 상태의 나'로 인정하려는 것이다. 물론 이것도 하나의 관점일 뿐인데, '내가 순수의식'이라는 믿음을 갖는 것은, 내가 내 삶의 주인이 되고 내 행복의 창조자가 되기 위해 내가 그렇게 선택한 것이다.

우리는 그렇지 않은 경우를 빼고는 항상 순수의식 상태로 있다. 따라서 자기가 순수의식으로 있지 않을 때는 순수의식이 나와 떨어져 다른 곳에 있는 것처럼 느껴질 수밖에 없다. 순수의식은 '나'라는 생각마저 없는, 모든 정신활동이 멈춰진 가운데 누리는 존재상태이다. 흔히 순수의식과 만물과의 관계를 바다와 물방울에 비유해서 설명한다. 순수의식이 끝없는 바다라면 삼라만상은 그 순수의식의 바다에서 피어난 물방울, 즉 파도와도 같다. 각기 분리된 개체로서의 물방울은 겉모습과 성질이 다를 뿐, 모두 하나의 바다이다. 따라서 우리모두는 하나다.

순수의식은 생각하고 상상하는 우리 마음의 근원이기 때문에 그것

을 생각하거나 상상할 수 없다. 그러나 그와 같은 존재상태로 있는 것을 경험할 수는 있다. 앞으로 나오는 연습들을 통해 체험할 수 있겠지만, 그에 앞서 우리가 상상할 수 있는 데까지 상상력을 발휘하여 순수의식을 짐작해 보자.

- 우주 만물—생물·무생물, 우리가 사는 지구와 태양계의 다른 행성들, 은하계 등 물질우주 모두가 사라지고, 물리적

인 에너지마저 모두 한순간에 사라졌다고 상상하라.

- 모든 생각과 느낌, 믿음, 감정, 기분, 인상, 기억 등 정신적
  인 존재도 모두 소멸했다고 상상하라.

- 이제 시간·공간, 그리고 모든 차원도 사라졌다.

- 또한 내 몸과 마음, 얼(영혼)은 물론, 모든 생각의 어머니격
  인 '나', '내가 있다'는 생각마저 다 사라져버렸다.

- 이제 남은 것은 무엇인가?

- 알 수 없는 텅 빈 허공뿐인가? 그렇다면 그것을 누가, 무엇
  이 알고 있는 것일까?

이를 지켜보고 있는 '앎' 자체를 순수의식이라고 이름지은 것이다. 순수의식이 순수의식이 아니라, 어디까지나 그 이름이 순수의식인 것이다. 이와 같이 모든 우주가 사라져버리더라도 그 사라짐을 알고 있는 우리가 상상할 수 없는 의식의 세계가 생명의 고향이자 만물의 보이지 않는 뿌리이다. 순수의식은 무엇을 느끼고 생각하는 나를 지켜보고 있는 '관찰되지 않은 관찰자'로 묘사되기도 한다.

우리의 몸과 마음의 고향인 순수의식은 영원히 변치 않는 행복의 고향이다. 만물의 근원인 순수의식은 우리가 지을 행복의 원료의 원료이다.

이제 당신의 행복 그 자체인 순수의식을 느껴지는 대로 느껴보자. 이 연습의 목적은 당신이 지금 여기에서 당장 행복을 누릴 수 있음을 알려주기 위한 것이다.

- 잠시 편안한 자세로 앉아 눈을 감는다.

- 당신의 삶에서 행복했던 순간의 기억 하나를 떠올려 보라. 그때의 기억을 생생히 떠올리고, 행복에 젖어 있는 당신 자신의 모습도 떠올려 보라.

- 이제 그것을 있는 그대로 살펴보라.

- 당신은 그것을 느끼고 있는 당신 자신을 지켜보고 있다.

- 이렇게 그 모두를 말없이 지켜보고 있는 당신은 누구인가?

행복의 고향인 순수의식에서 '나'라고 생각하는 마음이 생겨나는 순간 바다와 같은 순수의식은 하나의 물방울, 즉 자아의식이 된다. 어떤 한계도 없는 순수의식은 이렇게 자기자신을 나누는 방식으로 물질우주의 모습으로 자신을 드러낸다. 그것이 정신적 존재이든 물질적 존재이든 모든 개체는 이렇게 탄생한다. 달리 표현하면, 무한하고 절대적인 나는 유한하고 상대적인 나로 변신하는 것이다. 이렇게 되면 우주는 순수의식의 연극 무대, 다시 말해 창조의 놀이 마당이 된다.

개체의식으로서의 마음은 이때부터 행복찾기 게임을 벌인다. 마음은 욕망을 놀이도구로 사용한다. 욕망은 마음 자신의 물질화된 모습인 몸을 통해 실현된다. 그러나 마음은 자기가 태어난 고향인 순수의식이 되는 최상의 행복인 지복(至福)을 누릴 때까지는 몸을 통해 얻는 어떤 행복에도 만족하지 않는다.

　마음은 오직 자신의 고향집에서만 안식과 만족을 얻는다. 이렇게 우리의 마음은 자신의 영원한 안식처를 찾을 때까지 창조놀이, 즉 행복찾기 게임을 멈추지 않는다. 그런 점에서 욕망은 창조놀이가 지속되도록 하는 견인차 역할을 수행한다. 우리가 더 큰 행복, 더 많은 즐거움에 매달리다 보면 우리의 마음은 어느새 욕망의 포로가 되어버려 자신의 보금자리를 잃어버린다. 이렇게 되면 우리의 의지(意志)로 이를 통제하기가 점점 어려워진다.

　우리가 마음을 다스린다는 것은 욕망과 감정을 의지로 조절한다는 말이다. 즐거움을 찾는 마음인 욕망은, 괴로움을 배척하려는 마음인 저항과 맞물려 있기 때문에 우리의 마음이 양극으로 치달을수록 괴로움은 커지고 그만큼 통솔하기 어려워질 수밖에 없다. 이 세상에서 빚어지는 모든 혼란은 이와 같은 마음의 갈등, 다시 말해 자신과의 끊임없는 투쟁에서 빚어진다. 동서고금의 현자들은 한결같이 참행복의 열쇠는 욕망의 조절에 있다고 말하고 있다.

　'만족할 줄 아는 자는 늘 즐겁다(知足者常樂)'라는 경구가 있는데, 이 말의 속내는 욕망이 적을수록 더 쉽게 만족할 수 있게 되고, 그렇게 되면 더 많은 행복을 누릴 수 있다는 것이다.

　일찍이 노자(老子)는 '만족할 줄 알면 욕(辱)을 당하지 않고 늘 만족할 수 있다'고 말하고 '지금 가진 것에 만족할 줄 아는 미덕을 가지라'로 권했다.

인간만사 새옹지마(塞翁之馬)라는 고사는 노자의 가르침을 잘 대변해 주고 있다.

옛날 중국 북방의 요새 근처에 한 노인이 살았다. 하루는 노인의 말(馬)이 국경을 넘어 남의 나라 땅으로 달아났다. 마을 사람들이 이를 위로하자, 노인은 조금도 어색한 기색 없이 말했다.

"누가 아오? 이 일이 복이 되는지……."

몇 달이 지난 어느 날, 달아났던 말이 준마(駿馬)를 데리고 돌아왔다. 마을 사람들이 이를 축하하자, 노인은 조금도 기쁜 기색 없이 말했다.

"누가 아오? 이 일이 화가 되는지……."

그런데 어느 날, 말타기를 좋아하는 노인의 아들이 그 준마를 타다가 떨어져 다리가 부러졌다. 마을 사람들이 이를 위로하자, 노인은 조금도 슬픈 기색 없이 말했다.

"누가 아오? 이 일이 복이 되는지……."

그로부터 일년이 지난 어느 날, 북쪽 나라가 침략해 오자 마을의 건장한 젊은이들은 이를 맞아 싸우다가 모두 전사했다. 그러나 노인의 아들만은 절름발이였기 때문에 무사했다.

이 고사는 행복의 가면을 쓴 불행이 있듯이, 불행의 가면을 쓴 행복도 있음을 일깨워 주고 있다. 사실 불행이란 없다. 누리기를 거부하는 행복이 있을 뿐이다. 그것을 불행이라고 판단하는 마음도 순수 의식의 품속에서는 참행복의 에너지로 바뀌어 버린다.

우리가 늘 행복을 누릴 수 있는 길이 여기에 있다. 어느 순간 우리의 마음이 '불행'이라고 생각한 그 느낌을 지어낸 순수의식의 입장에서 그것을 마음속에 품으면 그것은 행복감으로 바뀌게 된다. 이 말이 의심스러우면 지금 당장 그것을 확인해 보자.

- 잠시 편안한 자세로 앉아 몇 번 심호흡을 하라.

- 그리고 당신의 지난 삶 속에서 가장 불행했던 기억을 떠올려 보라.

- 어떤 인상이나 느낌이 떠오르더라도 그 인상과 느낌들을 모두 당신의 가슴속에 품어보라. 그것이 모두 사라질 때까지 품고 있어라.

- 당신은 그 모든 것을 품고 있는 자기를 지켜보고 있는가?

- 아직도 그 인상과 느낌들이 남아 있는가?

- 지금의 느낌은 어떤가?

수많은 경전을 통해 전해 내려온 석가의 가르침도 핵심은 욕망의 초월에 두고 있음을 발견할 수 있다. 그는 괴로움의 원인이 욕망 때문이며, 욕망을 없애기만 하면 괴로움이 사라진다는 것을 스스로 깨닫고 이렇게 말했다.

물론 인생에는 즐거운 때도 있고 괴로울 때도 있다. 그러나 그 어떤 즐거움이라 할지라도 영원하지 못하는 법이어서 마침내 그것은 끝나고 만다. 그러므로 그 즐거움은 진정한 즐거움이라 할 수 없다. 그리고 그 한때의 즐거움이 끝나면 다음에 괴로움이 다가온다. 이처럼 인생은 괴로움의 물결에 휩쓸려가는 고달픈 길이다.

# 조절된 욕망—욕구

우리는 노자와 석가의 가르침을 통해 풍요로운 삶의 행복을 누리기 위해서는 욕망의 조절이 그 열쇠임을 알았다. 행복을 향한 인간의 욕망은 끝이 없어 보인다. 그것은, 인간은 욕망하지 않으려는 욕망, 다시 말해 욕망을 초월하려는 욕망도 갖는다는 점에서 그렇다. 우리는 여기에서 욕망하지 않으려는 욕망마저 충족된 그런 존재상태, 즉 자기 초월의 가능성을 보게 된다.

이러한 가능성에 주목해 1960년대에 탄생한 서양의 새로운 심리학이 바로 '초개인심리학(Transpersonal Psychology)'이다. 이것의 산파역을 맡은 이가 우리에게도 널리 알려진 매슬로(Abraham Maslow)다.

이른바 인간주의 심리학의 형성기에 매슬로는 제퍼슨, 링컨, 아인슈타인, 괴테 등 역사적 인물들을 비롯해 자아실현을 성취했다고 생각되는 여러 사람들을 연구한 결과, 인간에게는 자아실현에 도달할 수 있는 능력이 갖추어져 있으며, 인간은 더욱 질 높은 심리상태 쪽으로 나아가려는 동기를 갖고 있다고 결론지었다.

그는 인간의 잠재력을 발휘하고자 하는 동기에서 비롯된, 인간의 정당한 욕구에 대한 계층이론을 제시했다. 그는 인간의 욕구가 나란히 늘어서 있는 상태로 존재하는 게 아니라 계단처럼 단계적으로 존재한다고 보고 '욕구의 5단계설'을 주장했다.

'생리적 욕구 → 안전의 욕구 → 소속과 사랑의 욕구 → 인정받으려는 욕구 → 자기 실현의 욕구'이다. 이들 욕구는 기본적인 것부터 차례로 충족되어야 그 다음의 욕구가 일어나며, 이들 욕구가 적절하게 만족된 인간은 점진적으로 성장하게 되고 심리적으로 더욱 건강하게 되어간다는 견해이다.

욕구의 가장 낮은 단계인 생리적 욕구는 음식이나 물, 수면, 성(性)과 같은 생존을 위한 신체적인 욕구를 말한다. 이 첫번째 욕구가 해결되면 두번째 욕구인 안전의 욕구가 일어난다. 저축을 늘리거나 보험에 가입하거나 안정된 직업을 갖는 것 등이 이 욕구에 따라 이루어진다. 이 욕구가 충족되면 세번째 욕구인 소속과 사랑의 욕구가 일어난다. 어떤 단체에 가입하고, 그 단체의 이념이나 가치에 동조하며, 특정한 사람과 가까이 지내거나 아껴주는 그런 관계를 맺는 단계이다. 이 욕구까지 다 충족되었을 때는 네번째 욕구인 인정받으려는 욕구가 일어난다. 다른 사람으로부터는 물론, 자기 스스로를 높게 생각하는 자존감이다. 이 네 가지 욕구가 모두 충족되었다면 인간은 자기의 능력을 최대한 계발하여 발휘하는 자아실현의 욕구로 향하게 된다. 자아실현의 욕구를 성취한 사람은 무엇을 얻고 성취하기 위해 노력하는 것이 아니라, 특별한 존재가치 상태를 누린다고 매슬로는 생각했다.

그러나 그는 자기실현에 관한 후기 연구에서 자기실현의 욕구도 인간의 최상의 욕구가 아니며, 자기실현을 뛰어넘는 자기초월을 구하는 자기초월의 욕구가 존재한다고 믿게 되었다. 매슬로는 동양의 선(禪), 요가, 도교, 수피즘, 그리고 샤머니즘에 영향을 받아 인간성이나 정체성, 자기실현을 초월하여 인간 경험의 정신적, 영적 측면을 새롭게 인식하게 되었다.

이렇게 매슬로가 나눈 단계적 욕구는 인간의 의식 수준을 반영하는 것으로 볼 수도 있는데, 그런 면에서 욕구의 단계를 인간의식 성장의 척도로 삼을 수도 있다.

우리는 몸과 마음, 그리고 얼을 가진 존재라는 점에서 의식을 세 차원으로 나누어 볼 수 있다. 생존을 위한 본능적 욕망만을 추구하는 동물의식, 통용되는 지식이나 자기의 체험에서 얻은 믿음을 근거로 매사를 신중하게 판단하고 분별하는 지성의식, 그리고 생명의 본성과 내 존재의 근원으로 돌아가고자 하는 영성의식이 그것이다.

우리의 의식은 이렇게 층을 이루고 있는데, 우리가 참행복을 누리는 의식 수준은 영성의식이다. 따라서 참행복의 집을 지으려 한다면 우리의 영성의식을 계발하고 몸과 마음의 욕구를 조절해야만 한다.

조절된 욕망으로서 우리가 의식적으로 갖는 욕구는 바로 우리가 원하는 삶의 목표이며, 우리는 어떤 단계의 욕구이든 이를 마음대로 선택할 수 있다. 여기에서 우리는 욕망의 집착에서 생겨나는 마음의 고통이 사라진 바로 그 자리에 우리가 참행복이라고 믿는 새로운 욕구의 씨를 뿌리고자 하는 것이다. 이를 위해 우리는 '나의 것'인 몸과 마음을 어떻게 다스리고 부려 쓸 수 있는지 그 요령과 방법을 모색하려는 것이다.

앞으로 살펴보겠지만, 행복을 짓는 재료는 의식활동의 주된 도구로 사용하는 '생각과 느낌'이다. 우리는 생각으로 행복을 짓고 느낌으로 행복을 느낀다. 생각하고 느끼면서 사는 것이 우리의 삶이다.

우리는 어떤 생각을 느껴볼 수도 있고, 어떤 느낌에 대해서 생각해 볼 수도 있다. 만약 우리가 무의식적이 아닌, 의식적으로 행복을 지어내겠다고 생각하고 그렇게 생각한 대로 느끼면, 틀림없이 자기가 의도한 그대로 행복감을 느끼게 될 것이다. 이와 같이 불행에서 벗어나겠다고 생각하고 그런 의도로 불행을 느끼면 그 불행을 사라지게 할 수 있다. 이것이 바로 불행을 행복으로 바꾸는 기술이다.

좋다, 싫다는 생각 없이 순수한 마음으로 대상을 살펴보는 것만으로 생명력을 가진 치유 에너지가 만들어지는 체험을 위해 밟아가야할 연습과 사례들을 하나하나 알아보자.

우리를 따라다니는 고통이나 불행도
행복의 파장에 맞추고, 행복한 느낌 속에 잠겨 있으면,
'행복 에너지'로 재활용된다.
행복을 짓기 위해 당신이 해야 할 일은 이것뿐이다.

# 행복의 원재료 — 느낌과 생각

　무엇을 느껴 알고, 무엇을 의도하는, 나라는 존재의 근원이 순수의식이다. 우리는 '意識'이라는 한자어 속에서 의식의 숨은 뜻을 발견하게 된다. 의식을 순수한 우리말로 옮겨보면 뜻(意)과 앎(識)이다. '앎'은 무엇을 느껴 아는 것이고 '뜻'은 무엇을 하겠다고 생각하는 것이므로 결국 의식은 느낌과 생각을 가리킨다.

　만물이 다 음양의 조화로 생겨났다면, 의식은 느낌과 생각이라는 서로 다른 성질의 창조 에너지로 변신하여 이를 창조의 기본적인 도구로 삼은 것이다.

　우리의 의식이 모아짐으로써 생기는 인상을 느낌이라고 했을 때, 우리의 마음은 그 느낌을 생각으로 바꾸어 풀이하거나 판단한다. '느낌이 좋다'거나 '나쁘다' 또는 '그저 그렇다'라는 식으로 말이다.

# 1. 느끼기와 생각하기

느낌과 생각은 느끼고 생각하는 행위를 통해 생겨난다. 우리는 삶의 매순간마다 느끼거나 생각한다. 느끼고 생각하는 것은 우리가 그것을 알면서, 다시 말해 의식적으로 하기도 하지만, 자신도 모르게 무의식적으로 할 때도 있다.

우리는 일상에서 어떤 사물이나 사람 등 대상을 놓고 의식적으로 그것을 느껴보거나 생각해 보기도 하지만, '느끼는 것'과 '생각하는 것'의 차이를 잘 모른다. 무엇을 지각할 때는 분명 느끼는 행위가 먼저 일어나지만, 우리의 마음이 마치 자동번역기처럼 작동해 그 느낌을 거의 동시에 생각으로 바꾸어 버리기 때문이다.

이와 같이 우리는 무엇을 느껴보는 것보다 생각해 보는 것에 더욱 익숙해져 있다. 그래서인지는 몰라도 우리 마음속에는 생각이 그칠 때가 없다. 어떤 방식으로 측정을 했는지 모르지만, 우리는 보통 하루에 5만 가지 정도의 생각을 한다고 한다. 그리고 이 많은 생각들의 대다수가 화나고, 두렵고, 비관적이고 걱정스런 부정적인 것들이라고 한다.

이처럼 온갖 잡생각이 우리의 마음을 가득 채우고 있다 하여 생각을 '마음의 똥'이라고도 한다. 우리의 마음은 이렇게 자신의 분신인 생각의 과잉 생산으로 포화 상태가 된 나머지, 행복의 열매를 얻기 위해 뿌려야 할 씨앗과 같은 꼭 필요한 생각을 심기가 어렵다.

아이들을 살펴보면 알겠지만, 아이들은 어른에 비해 생각이 적을 뿐 아니라 바깥 사물과의 접촉에서도 선입견이나 편견 없이 무엇이든 있는 그대로 받아들여 느낀다. 그러나 성장 과정에서 부모를 비롯한 가족들과 학교 등 주변 환경의 영향으로 많은 생각을 주입받게 된다. 이렇게 받아들여진 생각들은 대부분 믿음이 되어 고정관념으로 자라기도 한다.

우리는 필요에 의해 무엇을 깊이 살펴보려는 시도를 하지만, 그것을 있는 그대로 관찰하는 데 어려움을 겪는다. 그 이유는 자기도 모르게 가진, 이와 같은 선입견이나 편견의 색안경을 쓰고 있기 때문이다.

사물을 있는 그대로 살펴보기 위해서는 마음의 움직임, 즉 생각을 멈춰야 한다. 이러한 마음의 상태를 흔히 고요한 호수에 비유하는데, 이럴 때 우리의 마음은 순수의식으로 돌아간다. 이렇게 되었을 때 생각해 보는 마음의 눈이 아닌, 대상을 직접 파악하는 직관(直觀)의 눈이 열리게 되며, 전체를 환하게 꿰뚫어 보는 통찰력(洞察力)이 깨어난다.

있는 그대로 살펴보는 것이 강조되는 이유는, 몸과 마음을 스스로 다스리려면 몸과 마음에서 무슨 일이 일어나고 있는지부터 자세히 알아야 하기 때문이다. 예를 들어 자기도 모르게 부정적인 생각이 일어났을 때 그것을 있는 그대로 받아들여 살피고 느껴보지 않고서는 결코 그것을 처리할 수 없다.

우리가 살면서 늘 겪어왔듯이, 시도 때도 없이 일어나는 부정적인 생각들은 새끼를 치듯 또 다른 생각들을 낳고, 부정적인 감정을 일으킨다. 이 부정적인 생각들이 자신의 배출구인 몸의 감각과 연결될 때 감정이 상하게 되고, 이로 인해 마음의 괴로움은 더욱 커진다.

어떤 느낌의 결과로 생기는 감정도 생각과 마찬가지로 그것을 떨쳐버리기 위해 안간힘을 쓰게 되면 오히려 거부감만 더해져 부정적 감정이 사라지기는커녕 더욱 증폭된다. 부정적 감정에 휩싸여 있을 때도 그것에 의식을 집중하여 있는 그대로 살펴보게 되면 그저 하나의 느낌에 불과할 뿐임을 알아챌 수 있고, 따라서 그것을 무한한 순수의식의 바다로 흘려보낼 수 있다.

우리는 바깥 일이나 사물들을 다루는 데는 능숙한 솜씨를 보이면서도 자기의 마음속에서 일어나는 생각이나 감정, 기분 같은 것을 처리하는 데는 미숙하다. 그 까닭은, 특히 부정적인 생각이나 감정이 일어나면 그것을 하나의 대상물로 살펴보려고 하지 못한 채 다른 생각이나 감정의 방해를 받기 때문이다. 그런데다 거기에서 벗어나려고 발버둥을 치다 보니 오히려 휘말려들어 마음의 중심을 잃어버리게 된다.

그래서 우리는 평소에 생각이나 감정을 있는 그대로, 그것들과 부담 없이 친숙하게 어울리는 연습을 해야 할 필요성을 느낀다.

바깥 사물이나 마음속에서 일어나는 어떤 느낌의 속내를 알아보기 위해서는 의식을 그 대상에 집중하여 유심히 살펴보아야 한다. 이렇게 대상을 관찰할 때 관찰자는 그 대상과 어우러짐으로써 관찰 대상이 되어버린다. 다시 말해 관찰자와 관찰 대상 간에 거리감이 없어지고 관찰자가 바로 관찰 대상이 되어버리는 것이다.

대개 이것은 무의식적으로 이루어지는데, 자연 경관의 아름다움에 도취될 때가 바로 이런 때이다. 그때가 바로 어느새 '나'는 없어지고 내가 그것으로 있는 순간의 체험이다. 우리는 그와 같은 순간을 회상하면서 '참으로 숨막히는 광경이었다'고도 표현하는데, 거기에는 오직 조용한 놀라움이 있었을 뿐, 생각하거나 숨을 쉴 틈도 없이 마음이 거기에 몰입되었음을 말해 주는 것이다. 이 순간이야말로 몸과 마음의 움직임이 정지된 채 완전한 휴식을 취하게 된다. 이렇게 자연스럽게 호흡이 멈추어진 순간이야말로 진정 숨을 쉬는(휴식하는) 순간이 아닐까.

하지만 대상을 느껴볼 때와는 달리 어떤 대상을 생각할 때는 이런 일이 일어나지 않는다. 왜냐하면 대상을 생각해 볼 때는 생각하는 나와 대상은 언제나 따로 떨어진 채 분리되어 있기 때문이다. '곰곰이 생각한다'거나 '생각에 잠겨 있다' '생각에 빠져 있다' '사색한다'는 말을 할 때가 있는데, 이것은 생각만 하는 것이 아니라 생각과 느껴 보기를 동시에 하고 있다는 표현이다.

평소 주변 사물이나 상황을 의식적으로 아주 유심히 관찰해 볼 때도 있지만, 대부분의 경우 그저 오관으로 감지하는 정도로 바라볼 뿐이며, 그것도 마음이 가라앉지 않는 상태에서 무의식적으로 할 때가 많다. 이제 있는 그대로 유심히 살펴보기 관찰법을 일상생활에서 시간이나 장소에 구애됨 없이 즐겁게 연습해 보자. 이렇게 연마하여 이를 아주 쉽고 편리한 자신의 생활 명상법으로 만들어 보자.

명상이란 조용한 장소에서 눈을 감고 앉아서 하는 거라고 알고 있다. 물론 그렇게 할 수도 있다. 하지만 여기서 제시한 '있는 그대로 살펴보기' 연습은 앉아서는 물론, 걸으면서, 또는 누워서도 할 수 있는, 그야말로 전천후 생활 명상법이다.

우리의 일상에서 아주 효과적인 관찰 기술이 될 '있는 그대로 살펴보기'는 의식의 집중을 통한 느낌의 알아차림이 요체로서, 일차적으로는 마음속에서 일어난 불필요한 생각이나 감정을 사라지게 하는 청소기 같은 구실을 하게 된다. 이것은 어디까지나 새로운 변화를 추구하기 위한 사전 정지 작업이다.

순수한 의식만으로 채워진 평화롭고 고요한 마음은 우리의 의지로 행복의 씨앗을 뿌릴 수 있는 기름진 토양이 된다. '있는 그대로 살펴보기'는 행복의 열매가 맺히도록 성장 에너지를 모으는 힘인 집중력을 키우는 방법이기도 하다.

이 새로운 관찰법은 우리가 바라는 행복의 집을 짓기 위한 터전을 마련하고 바깥 사물에 습관적으로 반응하는 우리의 마음을 자신의 고향인 순수의식으로 되돌려 집짓기의 원재료인 생각의 씨앗을 거기에 뿌리기 위함이다. 이 연습들을 통해 우리는 순수의식을 체험하고, 어떤 상황에서도 행복감을 느낄 수 있는 지혜를 얻을 수 있다.

먼저 바깥 사물들을 대상으로, 있는 그대로 살펴보기 연습을 해보자.

# 사물들과
# 친숙하게 어우러져 살펴보기

순수의식의 차원에서 사물들을 느껴보고 경험해 봄으로써 온누리의 존재들이 모두 하나의 생명임을 깨닫고, 닫혀 있던 가슴을 열어 사랑과 자비심으로 세상을 바라보기 위한 것이다. 연습을 거듭하면 당신은 이 우주와 세계의 참모습 그대로를 느끼고 경험하는 순수의식의 차원으로 들어갈 것이다. 그리하여 어떤 혼란 속에서도 흔들리지 않고 마음의 평정을 찾으며, 문제를 스스로 해결하는 힘을 기를 수 있다. 또한 변화에 대한 적응력을 길러 집착에서 풀려나고 주의 집중력이 커지는 효과를 얻을 수 있다.

이 연습은 자연 속을 산책할 때나 출퇴근 때, 또는 휴식을 취할 때 어떤 장소에서나 눈을 뜨고 하는, 우리의 마음을 순수의식 상태로 만드는 일종의 명상이다.

어떤 사물이나 사람 또는 어떤 광경을 대상으로 삼아 그것을 거울에 비친 자기 자신의 모습으로 간주하고, 있는 그대로 그것과 어우러져 살펴보자. 다시 말해 그 대상과 분리되어 생각해 보는 것이 아니라 그것과 하나되어 느껴보는 것이다.

대상을 나에게 끌어오기 위해 애쓰는 것이 아니라, 내가 그 대상의 세계로 기꺼이 들어가겠다는 뜻을 세우라. 만약 이 연습을 하는 동안에 어떤 생각이나 느낌, 감정이 일어나면 그것을 떨쳐버리려고 애쓰지 말고 그냥 알아차리기만 하고 스쳐 지나가도록 내버려두라.

이 연습이 생활 속에 뿌리내리기까지는 잡념이나 불쾌한 감정 등의 방해를 받을 수도 있겠지만, 꾸준히 지속하다 보면 그런 장애물의 영향에서 점차 멀어진다. 선입견 없이 있는 그대로를 관찰하는 행위 속에서 통찰력과 함께 당신은 순수한 사랑의 의미를 발견할 것이다.

# 생각과 감정을
# 품어주고 즐기기

생각이나 느낌, 감정 등이 생기는 마음의 움직임을 주시하여 그것을 알아차리고, 그것들을 의식적으로 품어줌으로써 그것들을 다루는 능력을 배양하기 위한 것이다. 이 연습은 어느 때 어느 곳에서나 기회를 잡아서 자기 자신을 느껴보는, 자기의 몸과 마음에서 어떤 일이 일어나고 있는지를 주시하는, 자기 자신을 있는 그대로 살펴보는 자기 관찰법이다. 만약 부정적인 생각이나 불쾌한 감정에 휩싸여 거부감이 커질 때는 연습을 잠시 중단하고 관심을 딴 곳으로 돌려 기분을 전환한 다음 연습을 계속하라. 물론 이 과정에서 일어나는 마음의 움직임도 빠짐없이 알아차려야 한다.

이 연습에 어느 정도 익숙해지면 '사물들과 친숙하게 어우러져 살펴보기 연습'과 번갈아가며 할 수도 있다. 예를 들어 자연 속을 산책할 때 바깥 사물들을 살펴보는 동안 일어나는 마음의 상태를 아울러 관찰함으로써 자기가 무엇을 욕망하고 또 무엇을 거부하는지 알아차린다. 불쾌한 생각이나 감정이 일어나면 거부감이 더해져 증폭될 수도 있지만 의지를 일깨워 품는 것을 포기하지 않으면 결국 자신의 사랑에 녹아버릴 것이다. 자기에게 알게 모르게 일어난 이 모든 것들은 당신의 따뜻한 가슴에 안기고 싶은 당신이 지어낸, 당신의 것이다.

이 연습을 통해 당신은 의지로 마음을 통솔하고 다스려서 마음을 행복짓기의 재료로 활용할 수 있는 힘을 키울 수 있다. 당신은 자기 자신이 바로 행복의 근원이며 행복 그 자체라는 것을 깨닫고, 불행도 의식적으로 느끼면 행복이 되는 이치도 터득할 수 있다.

자기에게 따라다니는 어떤 고통이나 불행도 우리가 행복의 파장에 자신을 맞추고 행복의 느낌 속에 잠겨 있으면 모두 행복의 에너지로 재활용된다. 행복을 짓기 위해 당신이 해야 할 일은 이것뿐이다.

# 2. 의식이 치유 에너지이다

순수의식의 본성은 욕망과 저항을 떠나 모든 것을 무조건적으로 받아들이는 사랑이요, 관용이다.

여기 우리의 의식이 바로 세상의 모든 문제를 원천적으로 해결하고 상처를 치유할 수 있는 평화와 사랑의 에너지임을 생생하게 보여주는 사례들이 있다. 앞에 제시된 연습들과 같이, 우리가 어떤 대상이든 선입견이나 편견 없이 있는 그대로 살펴보려는 의도는 순수한 사랑의 에너지를 만들어낸다.

이 사랑의 에너지가 바로 자연 치유력이다.

## 교감, 관계의 첫걸음

이 사례는 현대의학의 본고장인 미국에서도 불치병으로 간주하는 중증의 자폐증 환자였던 아들을 3년 만에 완치시킨 베리 카우프만(Barry N. Kaufman)의 체험을 토대로 만들어진 '선라이즈(Son-rise)'라는 자폐아 치유 프로그램에 관한 것이다. 이 이야기는 TV 드라마로 제작, 전세계에 방영되어 사람들에게 큰 감동을 주었다.

다음은 자폐아였던 베리 카우프만의 아들 라운 카우프만이 미내사 클럽*이 주최한 제6회 취산 국제 신과학 심포지엄에서 했던 비디오 강연('선라이즈를 말한다'는 제목의 비디오 강연) 내용을 간추려 요약한 것이다. 그는 현재 미국의 비영리 단체인 자폐아 치료센터에서 일하고 있다.

자폐증 어린이는 사회와 완전히 담을 쌓고 자기만의 세계 속에서 살아갑니다. 한국은 어떨지 잘 모르겠습니만, 제가 자폐아였을 때인 80년대 초반에는 만 명 중 한 명이 자폐아였는데 지금 미국이나 영국에서는 250명 중 한 명으로 늘어났습니다.

저는 아주 극심한 자폐증과 정신 지체아였습니다. IQ는 30 미만이었고 사람들과 눈도 마주치지 않았을 뿐더러, 다른 사람이 나를 만지는 것도 싫어했다고 합니다. 그리고 하루 종일 접시를 돌린다든지 몸을 좌우로 흔든다든지 하면서 사람들과 거의 접촉하지 않고 살았습니다. 저는 제 세계 속에서 살았던 거죠. 저희 부모님은 이미 제 위로 정상적인 누나 둘이 있었기 때문에 저에게 문제가 있다는 것을 금방 아시고 의사에게 도움을 청했죠. 그러나 의사들은 평생 이렇게 살아갈 것이라며 노력해봤자 '겨우 숟가락으로 혼자 밥을 먹는 정도일 거다. 그 이상은

* 미내사 클럽은 필자와 근 30년 가까이 인연을 맺으면서 필자를 이끌어 주었던 고(故) 취산 박영철 선생이 의식세계와 신과학에 관한 첨단 정보를 나누기 위해 1995년에 만든 '미래를 내다보는 사람들'의 모임(사단법인)이다. 격월간 저널 〈지금여기〉를 발행하고 있으며, 필자가 초대 발행·편집인을 맡았다. 해마다 국제 신과학 심포지엄을 열고 있는데 이 심포지엄의 운영은 국내 각계의 전문가들이 자발적으로 참여하여 조직된 운영위원회(위원장: 방건웅 박사, 표준과학 연구원)가 맡고 있다. 이 심포지엄에서는 일본, 중국, 러시아, 미국 등 국내외 의식 신과학 분야 전문가들이 연구결과를 발표하고 있다.

기대하지 말라'고 했지요.

저희 부모님은 절망하지 않고 저를 위해 집에서 할 수 있는 재활 프로그램을 만들었지요. 이 프로그램으로 제가 나을 때까지 3년이 걸렸습니다. 저는 정상으로 돌아왔고 자폐증에서 벗어났습니다. 저는 일반학교에 들어갔고 브라운 대학에 입학, 생의학 분야에서 학위를 받았습니다. 지금의 제게 자폐증의 흔적은 전혀 찾아볼 수 없습니다.

부모님은 의사나 세상 사람들의 말을 듣지 않았을 뿐만 아니라, 기존 치료법을 모두 무시하고 새로운 방법을 개발할 수밖에 없었지요. 왜냐하면 기존 방법은 전혀 효과가 없었으니까요.

본론에 앞서, 미국이나 유럽에서 발달장애아들을 다루는 데 보편적으로 일어나는 두 가지 실수를 태도와 전략면에서 지적하고자 합니다.

먼저, 태도면에서의 실수는 그러한 아이들을 보고 '아, 참 비극이다. 안됐다'라고 생각하고 미리 단정을 내리는 것입니다. 손도 써보지 않고 이 아이들이 치유되지 않을 거라고 결정해 버리는 것이죠.

전략면에서의 실수는 무턱대고 이 아이들의 행동을 바꾸려고 하는, 다시 말해 우리가 원치 않는 것을 아이들의 행동 속에서 솎아내려고 하는 것입니다. '이건 하지 마라' '그거 내려놔라' 이런 식으로 우리가 원하는 것을 프로그램화해서 아이들에게 주입시키려고 하지요. 아이들이 말을 들을 때까지 계속 반복하여 강요합니다.

그러나 선라이즈 프로그램은 그렇게 하지 않습니다. 아이들의 부모님과 우리가 양성한 전문가들에게 우리는 한결같이 '그 아이들의 세계로 기꺼이 들어가라'고 합니다. 그 세계에서 아이와 관계를 맺고, 그 다음에 그 아이를 인도해서 우리 세계로 끌어내려는 의도에서죠. 전략과 전술, 태도에서 아주 다른 접근 방법이지요.

이 프로그램은 그들의 세계로 초대하여 우리를 그 세계 속으로 들어가게 합니다. 그런 다음에 거기서 우리가 그 아이들을 데리고 나오는 겁니다.

이 프로그램은 두 가지로 나뉘어집니다. 하나는 유대관계의 형성입니다. 아이들과 관계를 맺고 아이들의 세계로 들어가는 것이고, 나머지 부분은 아이들의 성장을 위해서 영감을 주는 것이죠. 그 아이들에게 도전을 하게 하는 것입니다. '이쪽 세계로 와라' '좀더 나아져라' 이런 것들을 자극해 주는 것이죠. 이것은 사실 장애아뿐만 아니라, 일반인들에게도 마찬가지입니다. 이와 같은 관계의 형성, 즉 이들과 하나로 어우러지는 것을 조이닝(Joining)이라고 부르고 그것을 원칙으로 삼습니다. 하나로 합쳐진다는 것이죠. 자폐아는 계속해서 반복적인 행동을 하는데, 이는 그들이 우리가 있는 사회와 연계하는 방법을 모르기 때문에 어디까지나 자신의 세계 속에서밖에 행동할 수 없기 때문입니다. 따라서 그들의 세계 속으로 들어가야만 그들과 관계를 맺을 수 있습니다.

제 경우에는 하루 종일 접시를 돌렸는데 부모님은 접시를 빼앗지 않고 저와 같이 접시를 돌렸습니다. 어떤 사람들은 그 아이가 하는 반복적인 나쁜 행동을 더 부추기거나 강화시키는 것이 아닌가 우려하지만, 실제로 해보면 절대로 그렇지 않다는 것을 알게 됩니다. 이렇게 함으로써 그들이 우리와 커뮤니케이션, 즉 교감하기를 원하게 만드는 것이죠. 그들에게 '난 너에게 관심이 있어' '난 너와 가까워지고 싶어'라는 메시지를 주는 것입니다.

이것을 지극정성으로 꾸준히 하게 되면 마침내 부모를 '쳐다보는' 놀라운 일이 일어납니다. 눈을 맞추거나, 부모의 손을 만지는 등의 행동이 일어나면서 자신이 하는 반복적인 행동을 아예 그만두거나 횟수가 줄어들게 되지요. 부모와 더 교감하기 위해 횟수를 줄이는 겁니다.

조이닝은 반복 행동을 하는 아이들의 행동 목적을 발견할 수 있게 해줍니다.

여기 놀라운 사례가 있습니다.

젤이라는 자폐아는 하루 종일 레고를 갖고 놀았는데 우리의 안내로 젤의 아버지도 아들과 함께 레고를 가지고 놀았지요. 어느 날 아이는 레고로 'L' 자를 만들었는데 아버지도 같이 'L'자를 만들었습니다. 그러자 젤이 또 하나의 L자를 만들자 아버지도 L자를 하나 더 만들었죠. 젤은 레고로 만든 두 L자를 들어서

양쪽을 맞추어 네모를 만들며 방안을 돌아다녔습니다. 아버지는 젤이 왜 그런 행동을 하는지 알 수 없었지만, 똑같이 따라했습니다. 그런데 그때 아버지는 자신이 그동안 몰랐던 걸 하나 발견했습니다.

젤은 두 개의 L자로 만들어진 네모의 가장자리를 바라보고 있었습니다. 그 레고의 표면에 빛이 비춰지자 자기의 얼굴이 보였던 것입니다. 그 L의 간격을 벌리면 자기의 얼굴이 넓게 나왔던 것이죠. 아버지는 그때 젤이 이런 행동을 하는 이유와 목적을 깨달았죠. 그 순간 젤을 바라보자 젤은 레고를 내려놓고 아버지를 쳐다보고 있었습니다. 아버지를 쳐다본 것은 처음이었다는 겁니다. 젤의 아버지는 처음으로 자신과 눈을 마주친 아들에게 손을 흔들어 주었습니다. 그러자 젤도 아버지에게 손을 흔들어 주었고 서로 미소를 지었다고 합니다.

이 놀라운 교감의 순간이 이루어지고 난 이후부터 그 아이는 레고를 덜 가지고 놀게 되었고, 아버지는 물론 어머니와 다른 사람들도 바라보게 되었습니다. 왜냐하면 그들이 자기와 같이 레고 놀이를 하니까요. 이런 일이 있고 난 이후에도 함께 레고 놀이를 계속했지요. 그러면서 화장실 쓰는 법을 가르칠 수 있게 되었습니다. 처음으로 마음의 문이 열린 것이지요.

우리는 살아가면서 상대에게 자꾸 무엇을 강요하는 습관을 가지고 있습니다. 이성 친구나 아내, 남편, 친구와의 관계에서도 이런 실수를 자주 범합니다. 애초에 그 사람이 좋아서 관계를 맺은 것인데 그것을 잊어버리고 나중에는 자기 마음대로만 하고 싶어합니다. 상대가 어떻게 해주기만을 바라는 것이지요. 서로 교감하기 위해 관계를 맺었는데도 말입니다.

## 판단하거나 비판하지 말라

또 한 가지 원칙은 자폐아들이 무엇을 좋아하는지 파악하고, 아이가 좋아하는 행위를 하도록 하고 그것을 통해 아이가 크도록 도와준다는 것이죠. 즉, 동기 부여가 되면 훨씬 더 빨리 배우고 기억을 잘하게 됩니다. 우리들도 관심 있는 것을 더 빨리 배우지 않습니까? 그런데 우리는 아이들에게 어려운 일을 너무 많이 가르치려고 해요. 일단은 관심부터 가져야 합니다. 저희는 아이들을 가르치려고 할 때 그 아이가 가장 관심 있어하는 부분을 이용합니다. 자폐아들이 어떤 부분에 관심이 있는지 특별히 더 유심히 살펴보고 지켜보아야 한다는 겁니다.

저희 프로그램을 하시는 분 중에 아시아계의 어떤 어머니가 있었는데, 그분은 6개월 동안이나 자식의 기저귀를 떼려고 노력하는 중이었죠. 우리는 그 아이가 계단을 오르락내리락하는 것을 좋아한다는 걸 알아냈습니다. 우리는 아이가 좋아하는 계단을 만들어 변기에 붙여놓았지요. 그러자 그때부터 대소변을 가리기 시작했습니다. 사실 그들은 대소변을 가리는 데 전혀 관심이 없습니다. 그것에 관심이 있는 것은 어른들이죠.

그리고 이 프로그램의 성공을 위해서는 다른 사람에 대해 판단하거나 비판하지 않는 긍정적인 태도가 아주 중요합니다. '잘못됐다, 나쁘다, 적절하지 않다'는 생각을 갖지 않는 것입니다. 가치 판단을 하지 않고 있는 그대로를 받아들인다는 겁니다. 그리고 어떤 상황을 비극적이다 슬프다라고 생각하지 않는 겁니다. 일단 아이들을 바꾸기 전에 이런 생각을 갖고 시작해야 합니다. 이런 느낌을 자식이 다 나아서 갖는 게 아니라 처음부터 갖고 시작해야 한다는 것입니다. 이와 같은 낙관적인 태도는 이 아이들이 크게 발전하고 변할 수 있다고 믿는 것입니다. 이 아이가 '말할 수 없다'라고 믿고 있는데 어떻게 그 아이가 말을 할 수 있겠습니까?

희망이야말로 우리의 삶을 바꿔주는 생명의 빛이라고 생각합니다. 우리는 이 아이들이 어떻게 자랄지 모릅니다. 그러나 미리 이렇게 못할 거라고 생각할 필요도 없지 않습니까? 그들에게 기회를 주자는 것입니다.

제 부모님은 제가 자폐아인 것을 축복으로 여기고 그런 자세로 시작한 것입니다. 사실 자폐아 자신들은 슬프지 않습니다. 부모들이 슬퍼하죠. 그래서 축복이라고 일단 생각하면 기분은 좋아집니다.

우리는 자폐아들을 돌보면서 그들이 자신에 대해서 주변에서 어떻게 생각하는지에 대해 상당히 민감하게 반응한다는 것을 알았습니다. 주변에 있는 사람들이 옆에서 불편하게 행동하면

이들도 불편함을 느낍니다. 때문에 자폐아와 함께 있을 때는 편안함을 느끼게 해줘야 합니다.

이런 자세는 우리와 교감하는 모든 사람들에게도 큰 영향을 미칠 수 있습니다. 실직을 당한 사람, 부부싸움을 하는 사람 등 무슨 문제가 있더라도 이처럼 받아들이는 자세는 우리 스스로 선택할 수 있습니다.

어둠 속에서 우리는 빛을 찾을 수 있습니다. 우리는 어떤 어려움 속에서도 행복과 평화와 마음의 안식을 찾을 수 있습니다. 우리가 우리 스스로의 경험을 설계할 수 있습니다. 이 우주에서 불가능이란 없기 때문입니다. 여러분은 행복을 되찾을 수 있습니다.


참 사랑의 뜻을 되새기게 하는 이 자폐아 치유 이야기는 우리의 가슴속에 잔잔한 파문을 불러일으킨다. 가장 큰 감동은 자폐아의 겉모습에 실망하지 않고 아들의 원래 완전한 참모습을 인정하고 아들 스스로 그 참모습을 되찾을 수 있도록 도와주려는 아버지의 마음씨이다. 이런 마음가짐으로 그의 아버지는 자폐아의 세계로 기꺼이 들어갈 수 있었을 것이다.

사람을 두고 내리는 정상, 비정상의 기준이란 사실 모호하기 짝이 없다. '정도의 차이'라는 것도 마찬가지다. 그것은 각자가 내리는 판단에 의해 정해질 뿐이다. 자폐아뿐 아니라 우리가 비정상적이라고 여기는 사람이란 결국 자기 자신을 스스로 느껴볼 수 없거나 그것이 많이 부족한 사람을 일컫는 말이다. 다시 말해 자기 자신을 객관적으로 바라보지 못한다는 뜻이다. 그들 스스로 자기 자신을 바라볼 수 있도록 도와주는 최선책은 우리 스스로가 그들을 있는 그대로 바라보는 것이다. 에너지로 가득 찬 파동의 세계에서 같은 에너지끼리 어우러져 공명하는 원리가 대자연의 법칙이기 때문이다.

우리가 그들과 하나가 된다는 것은 그들도 우리와 하나가 되었음을 뜻한다. 하나가 되면 서로 교감하여 비로소 소통의 문이 열리게 되는 것은 너무도 당연하다. 자폐아는 아니었지만, 필자도 이와 비슷한 치유 체험 사례를 많이 가지고 있다. '있는 그대로 살펴보기' 연습의 속내를 파악하는 데 도움이 되도록 사례 한 가지를 소개하려고 한다.

당시 중학교 3학년 남자아이인 이 소년은 한마디로 정상이 아닌, 뭔가 문제가 있는 아이였다. 그래서 그 학생은 학교에서도 '왕따'의 피해자가 되어 부모와 선생님을 안타깝게 했다. 그의 증상은 초등학교를 졸업하면서부터 나타나기 시작했다고 한다. 아이는 외아들이었는데, 그의 아버지는 금융기관의 간부로 아이가 초등학생일 때 사우디아라비아 지점에 발령을 받았다. 따라서 아이는 그곳에서 부모와 생활을 해야 했다. 당시 아이는 현지 교민을 위해 세워진 학교에 다니기는 했으나 하루의 대부분을 엄마하고만 보낼 수밖에 없었고, 따라서 주변 사람이나 또래 아이들과 어울릴 기회가 거의 없었다.

그후 아이는 귀국하여 중학교에 입학했는데, 학교생활에 제대로 적응하지 못했다. 학교 친구들과 잘 사귀지 못하는 데다 집중력이 떨어져 학업 성적도 바닥이었다. 고등학교에 진학하는 것 자체가 어려운 상황이었다. 거기에다 또래의 학생들이 그를 모자라는 애로 취급하는 바람에 매일 따돌림을 당했다.

학생의 어머니와 담임 선생님이 나에게 도움을 청했다. 처음 아이를 보았을 당시 그는 보통 정박아와 비슷한, 뭔가 모자라는 모습이었다. 우선 앉아 있는 자세부터 흐트러져 있는데다 주의가 산만해 잠시도 그냥 앉아 있지 못했다. 상대와 눈의 초점을 맞추지 못하고, 자신이 침을 흘리고 있는지도 모른 채 멍하니 허공을 바라보는 등 거의 안정감을 찾아볼 수 없었다.

나는 아이 스스로 정상을 되찾을 거라고 확신하며 그를 돕기로 결심했다. 나는 아이와 20일 가까이 거의 매일 함께 있었다. 나는 그 아이와 공원에서 술래잡기를 하는 등 신나게 놀아주면서 친구가 되었다. 아이에게 몸 자세를 바로하여 걸음을 천천히 옮기는 것부터 내가 먼저 시범을 보여주면서 따라 해보도록 했다. 그러는 가운데 변화가 일어나기 시작했다. 나만이 느끼는 변화였다. 나에게 거리감을 두었던 그가 차츰 친밀감을 느끼기 시작했다. 나는 아이가 자기도 모르게 앉아서 턱을 괴고 있거나 침을 흘리거나, 기대거나, 손을 잠시도 가만히 두지 않는 등의 행동들에 대해 어떤 반응도 하지 않고 마치 신기한 경치를 감상하듯 있는 그대로 살펴보며 그의 세계 속으로 들어갔다. 나는 아이가 자기도 모르게 한 이와 같은 행동을 스스로 알아차릴 수 있도록 도와주며 그와의 놀이 속에서 그와 같은 무의식적인 행동을 재미있는 놀이를 하듯 그 스스로 알아채고 이를 다시 해볼 수 있도록 이끌어 갔다.

한 주가 지날 때쯤 부모들이 초조해했다. 별 효과를 보지 못하고 있다고 의심하는 눈치였다. 나는 아이의 변화의 조짐을 알려주면서 그들도 나처럼 아들에 대해 어떤 바람이나 기대를 갖지 말고 그저 있는 그대로 지켜볼 것을 설득했다.

열흘쯤 지나자 그때부터 변화가 일어나기 시작했다. 이때부터 아이는 자신의 무의식적인 행동을 조금씩 알아차리기 시작했다. 내가 지적을 해주지 않아도 자기 스스로 자신의 행동을 교정하려는 의도를 갖기 시작했다. 어눌한 말씨도 발음부터 분명해지기 시작했다. 그럴수록 나는 더욱 적극적으로 그를 있는 그대로 관찰하기만 했다. 이렇게 내가 있는 그대로 그를 느껴보자 드디어 그도 자신을 느껴보는 듯했다. 이렇게 18일이 지나면서 그는 거의 정상으로 회복하기 시작했다. 표정, 말씨, 자세, 집중력 등이 정상 수준으로 돌아왔던 것이다.

그는 원래의 자기 자리로 되돌아온 것이다. 나는 작별하던 날 아이와 감격의 포옹을 했다. 그의 눈에도 눈물이 맺혀 있었다. 아들의 변화를 초조히 지켜보고 있던 아버지는 너무도 달라진 아들이 도저히 믿어지지 않는 듯했다. 아버지는 긴 여행을 하고 돌아온 아들을 할말을 잊은 채 그저 물끄러미 바라만보고 있었다.

이후 그는 고등학교에 진학했으며 완전히 '정상적인' 아이가 되었다는 소식을 전해 들었다. 이제 어엿한 대학생이 되었다는 반가운 연락도 받았다.

나는 그를 통해 내가 변하면 세상이 변하는 이치와, 있는 그대로를 받아들이는 것이 참사랑임을 새삼 깨달았다. 내가 그를 있는 그대로 느낄 때, 비로소 그도 그 자신을 느끼게 된다. 내가 그를 느끼는 것은 그가 나를 느끼는 것이다. 그와 나는 하나이기 때문에……

# 1. 목표의식과 집중력


우리는 지난 월드컵 축구대회에서 세계 4강의 대열에 올랐다. 대회 기간 동안 국민들은 이 장엄한 드라마에 관심을 집중했다. 당초 우리 선수단은 우선 16강 진입을 목표로 삼았다. 16강 진입은 우리 축구 역사상 처음 있는 일이라 국민 모두의 열기를 고조시켰을 뿐 아니라, 8강 진출 가능성에 대한 기대심리가 작용하여 우리의 마음을 온통 월드컵 경기 속에 꽁꽁 묶어놓았다. 드디어 8강 진출이 확정되자 온 나라는 흥분의 도가니에 휩싸였고, 자발적으로 조직된 붉은 악마 응원단의 자연스러우면서도 일사분란한 응원에 맞추어 '대~한민국'을 소리높여 외쳤다.

다시 온 국민의 이목이 4강 진출에 쏠렸다. 마치 계단을 오르듯 목표는 한 계단씩 높여졌다. '꿈은 이루어진다'는 믿음에다 우리도 하면 된다는 자신감이 충만해짐으로써 드디어 4강 진출의 꿈을 이루게 되는 순간이 왔다. 선수들과 온 국민이 하나로 어우러진 가운데 우리의 관심은 승부차기에 집중되었다. 모두가 기도하는 심정으로 그 숨막히는 광경을 지켜보고 있었다. 상대 선수의 실축에 이어 승부차기의 마지막 공이 골문 앞에 놓이는 순간부터 골문을 가르기까지는 그야말로 시간이 멈춘 것 같았다.

모두들 약속이라도 한 듯 숨을 죽였다. 모든 정신이 오직 그것에만 몰입해 있었기 때문에 숨이 자연스럽게 멈추어진 것이다. 마침내 골이 터지자 사람들은 한동안 말을 잃었다가 그것이 꿈이 아닌 현실임을 확인하자 눈시울을 적시며 옆에 있는 낯선 사람들과 손을 잡고 껑충껑충 뛰면서 감격의 포옹을 나누었다.

4강에 오르자, 8강에서 4강으로 도약할 때와는 전혀 다른 분위기가 형성되고 있었다. 여기까지 오는 동안 한을 풀어 여한이 없어졌으니 이제부터는 이겨도 좋고 져도 그만이라는 생각이 선수들은 물론, 응원하는 사람들에게 이심전심 확산되는 듯한 분위기가 감돌았던 것이다. 4강에 오른 것만으로도 기적을 이룬 것이기에, 그 이상의 성적을 내는 것은 지나친 욕심으로 여기는 듯했다. 4강 진출 때와 같은 목표의식이 이렇게 퇴색하자 국민들의 집중력은 물론, 선수들의 기력도 그만큼 떨어질 수밖에 없었다. 그와 같은 분위기를 대변이라도 하는 듯 우리는 결국 4위에 머물고 말았다.

대회가 끝나자 우리는 모두가 최선을 다했기 때문에 4위든 3위든 등위가 문제가 아니라고 자신을 위로했지만, 많은 사람들의 가슴속에는 묘한 아쉬움이 남았을 것으로 짐작된다.

만약 우리가 4강 진출 이후에도 16강에서 8강으로 오를 때와 같이 목표와 요행을 바라는 식의 막연한 기대가 아닌 믿음을 갖고, 흐트러짐 없는 관심을 계속 집중했다면 우승컵마저도 거머쥘 수 있지 않았을까……

월드컵 축구대회는 우리 모두의 창조 에너지인 의식이 한 곳에 집중되었을 때 어떤 힘을 발휘할 수 있는지를 느끼게 해주었을 뿐 아니라, 우리 모두가 ‘하나’라는 자각을 스스로에게 일깨운 계기가 되었다. 뿐만 아니라 생각과 느낌, 다시 말해 목표의식과 집중력이 조화를 이룰 때 어떤 것이든 원하는 현실을 만들어낼 수 있다는 교훈을 우리 모두에게 던져주었던 것이다.

우리는 삶 속에서 원하는 무언가를 만들고 성취하기 위해서는 먼저 만들고 성취해야 할 게 뭔지 그저 막연히 생각만 할 게 아니라, 무엇을 하겠다는 방향을 세우고 그것을 결정해야 한다. 이럴 때 우리의 생각은 어떤 방향으로 뜻을 분명히 세우는 목표가 되는 것이다.

일단 어떤 일을 하겠다는 목표가 세워지면 우리는 의지를 일깨워 그 목표가 달성될 수 있도록 꾸준하고 지속적으로 거기에다 관심을 집중한다. 이때 느낌은 느끼는 과정을 통해 집중력으로서의 힘을 발휘하면서 생각(목표)과 결합하며 비로소 목표했던 것을 현실로 나타나게 한다. 의식적으로 조절된 욕구로서의 목표와 거기에 더해지는 집중력(주의력)은 행복의 집을 짓는 재료를 다듬어 만든 아주 요긴한 도구이다.

목표가 과녁이라면 집중력은 그 과녁을 명중시키는 화살과도 같다. 목표를 세우는 것은 의식적으로 어떤 방향으로 생각을 하는 것이며, 집중력은 지속적으로 느껴보는 행위를 통해 만들어진다. 이는 마치 돋보기로 햇볕을 모아 정확히 초점을 맞춤으로써 불을 일으켜 종이를 태우는 것과도 같다.

목표의식을 갖는 것은 '뜻을 세운다'는 의미에서 '의도(意圖)'라고도 표현할 수 있다. 의도라는 영어 단어 'intention'은 활이 목표물을 향해 날아가기 전에 활시위를 팽팽하게 잡아당기듯이 '긴장(tention)을 잡고(in) 있다'는 뜻으로 해석된다.

우리가 어떤 의도를 가질 때 이 우주 속에 깃들어 있는 창조의 밑거름이 되는 에너지와 정보는 변화를 일으킨다. 따라서 의도는 자신의 성취를 스스로 이룩되게 하는, 욕망 뒤에 숨은 집착 없는 진정한 힘이라고 할 수 있다.

# 2. 생명에너지 – 기(氣)

모아진 의식의 힘인 집중력을 동양권 특히 한국, 일본, 중국 등지
에서는 기(氣) 또는 기력(氣力)으로, 인도에서는 프라나(prana)로 부르
는데, 예로부터 이 에너지가 온누리에 가득 차 있을 뿐 아니라, 만물
에 깃들어 있는 생명력이라고 믿어왔다.

요즘 들어 기에 대한 관심이 높아지면서 중국과 러시아, 일본 그리
고 미국을 비롯한 서구에서도 기의 실용화를 위한 연구에 몰두하고
있다. 특히 중국은 국가 차원의 지원 아래 많은 실증적인 성과를 올
리고 있는 것으로 알려져 있다.

기는 의식으로부터 흘러나오는 창조 에너지로서 의식이 물질화하
는 데 교량 역할을 한다. 의식이 기가 되고 기가 물질이 된다. 기는 나
의 마음을 거쳐 대상을 향해 나아가는데 대상에 대한 마음가짐에 따
라 욕망 또는 저항, 그리고 순수함 등 감정적 성질을 띤다. 이 세 가지
성질의 기가 바로 물질우주와 현실을 지어내는 창조 에너지이다. 이
와 같이 기는 구체적인 주파수를 가진 에너지 파동이자 물질의 작은
알맹이로서 물질의 기본 단위인 원자를 구성하는 양성자, 전자, 중성
자와 같은 소립자들의 모태(母胎)라고 할 수 있다.

우리가 목표라는 과녁을 향해 관심과 주의가 모아진 화살을 당길

때 과녁을 정확히 명중시킬 수 있느냐 없느냐의 결정적 요인으로 작
용하는 게 믿음(확신)과 감정이다. 만약 활을 쏘는 사람이 어떤 욕심
이나 요행을 바라면서 과녁을 명중시킬 수 있다는 확신을 못 가진 채
두려움에 휩싸여 있다면, 그 화살은 과녁을 빗나갈 게 뻔하다.

이렇게 목표는 확신으로 다듬어지고, 집중력은 감사와 사랑 등 긍
정적 감정의 성질을 띤 기력(氣力)이 되어야만 자신이 진정 바라는 결
과를 얻을 수 있다. 그러나 반대로 부정적인 감정이 실리면 자기가
바라는 것과는 정반대의 결과를 낳는다.

우리는 일상생활에서도 비록 우리 눈에 보이지는 않지만, 긍정적
인 감정이 실린 우리의 관심과 주의가 만물을 소생시키는 생명력임
을 느끼게 만드는 많은 사례를 볼 수 있다.

어린아이만 보더라도 사실 그들은 부모의 사랑이 녹아 있는 관심
을 먹고 자란다. 우리가 키우는 애완 동물은 물론, 식물도 마찬가지
이다. 금슬 좋은 부부가 사는 집의 화초는 싱싱하게 자란다. 뿐만 아
니라 생명이 없다고 믿고 있는 무생물 역시 우리의 관심을 필요로 하
고 있다. 무생물이라 하더라도 그것의 본질은 파동치는 에너지라는
사실과 유사한 성질을 가진 에너지 파동은 서로 공명한다는, 다시 말
해 끼리끼리 모이게 되는 것은 하나의 자연법칙임을 현대과학은 밝
혀주고 있다. 일본에서 관심이 무생물에까지도 생명 에너지로서 작
용한다는 사실을 보여주는 재미있는 실험을 했다.

　A, B 두 개의 유리병에 밥을 넣은 뒤, A병에 든 밥에게는 "고맙습니다"라고 말하고, B병에 대고는 "망할 놈"이라고 욕설을 퍼붓는 일을 계속할 때 밥의 상태에 어떤 변화가 일어나는지 관찰해 보는 실험이었다. 이 실험은 한달 간 계속되었는데, 초등학생인 어린이가 매일 학교에서 돌아와 병에 든 밥을 향해 이렇게 말을 했다고 한다.

　한달 뒤 밥의 상태를 살펴보았는데 "고맙습니다"라고 말을 건 A병의 밥은 발효가 되어 누룩처럼 푸근한 향기를 풍긴 반면에, B병의 밥은 심하게 부패된 채 새카맣게 변하고 말았다고 한다. 이 실험 결과가 알려지자, 일본 전역의 수백 가정에서 똑같은 실험을 해보았는데 모두 똑같은 결과가 나왔다고 한다. 그런데 한 가정에서는 여기에다 한 가지 변수를 더 넣어 실험을 했다. A, B 두 개의 병 외에 C병에 밥을 넣고 아무 말도 걸지 않고 그냥 내버려두었다고 한다. 아무 관심도 보이지 않고 무시해 버렸던 것이다. 그 결과 "망할 놈"이라는 말을 건 B병의 밥보다 무시당한 C병의 밥이 더 빨리 썩었다는 것이다. 다른 사람들도 같은 실험을 했는데 결과는 똑같았다고 한다.

　우리는 이 실험에서 욕을 먹는 것보다 무시당하는 것이 생명체뿐만 아니라 우리가 무생물이라고 일컫는 것에도 더 큰 상처가 될 수 있음을 짐작할 수 있다. 그리고 무엇에 어떤 감정이 섞이든 관심과 주의를 기울이는 그 자체가 에너지를 주는 것임도 알 수 있다. 이 실험은 사랑과 증오보다 무관심이 가장 잔인한 복수라는 어느 작가의 말을 떠올리게 한다. 만약 또 한 병의 밥에다 욕망이나 저항이 없는 순수한 마음을 보낸다면 그 밥은 처음 상태 그대로를 유지하게 될지도 모른다.

만물이 모두 의식을 가지고 있다는 사실을 입증해 주는 과학적 실험 결과는 수없이 많지만, 눈에 보이는 세계만을 현실로 인정하는 사람들에겐 이러한 사실을 선뜻 받아들이기가 쉽지 않을 것이다. 그렇지만 이러한 증거는 날이 갈수록 쌓여가고 있다.

우리는 한 알의 씨앗이 땅 속에 떨어져 나무가 되고 열매를 맺는, 자연의 보이지 않는 힘에 대해서는 그저 당연한 결과라고 생각하면서도, 우리의 의지로 뜻을 세워 마음의 힘으로 물리적 현실을 만들어내는 데는 아직도 자신감을 갖지 못하고 있다. 사실 우리의 주변에 널려 있는 건축물이나 생활용품들 모두가 처음에는 다 우리의 마음 속에 들어 있었던 생각이었을 뿐인데도 말이다.

우리는 행복하고 풍요로운 삶을 만들고자 하는 공통의 목표를 가지고 있다. 이 목표를 달성하기 위해서는 우선 그 목표를 구체적으로 달성하려는 뜻을 분명히 세워야 하고, 집착 없는 순수한 사랑의 감정을 가지고 지속적으로 거기에 관심과 주의를 집중시켜야 한다.

우리는 행복의 집을 지을 기초 원재료들을 살펴보면서 이 원재료가 바로 설계도가 된다는 것을 알았다. 우리는 설계자가 재료와 설계도가 되고 집이 되는 그런 집을 지으려고 한다. 우리가 지을 행복의 재료를 살펴보면서 그린 이 밑그림에 대해 당신은 너무도 황당무계하다고 느낄지 모른다. 그러나 당신의 의식은 그것이 진실임을 알고 있을 것이다.

우리가 지을 행복의 설계방향은 이렇다.

순수의식에서 흘러나오는 순수한 기(氣)가 '나'라고 생각하는 마음의 필름을 통과함으로써, 나의 의도와 믿음, 즉 내가 어떻게 마음먹느냐에 따라 기가 변화되고, 그 마음이 그린 설계도 그대로 물질 현실로 입자화되어 모양을 나타낸다.

다음 연습들은 항상 자기의 의식(기)을 맑게 유지하고 주의 집중력을 키워 자신의 의지로 마음을 통솔해 나가기 위한 것이다. 앞에서 해 본 '사물들과 친숙하게 어우러져 살펴보기'와 '생각과 감정을 품어주고 즐기기' 연습들을 강화하고 보충하여 순수의식 상태를 유지하는 데 도움이 될 것이다.

# 흔들림없이
# 집중하기

평소 자기도 모르게 감정적 반응을 일으키는 민감한 삶의 문제에 대해 마음의 동요 없이 그것을 담담히 지켜볼 수 있는 힘을 기르기 위한 것이다.

다음 지시대로 적은 다음, 그 중에서 지나친 욕망이나 거부감을 일으키는 것을 골라, 그것을 하나하나 대상으로 삼고, 있는 그대로 관찰하도록 하라. 만약 관찰하는 도중에 마음의 동요가 일어나면 그저 알아차리기만 하고 그것이 어떤 것이든 무시해 버린다. 다시 말해 거기에 마음을 빼앗기지 않은 채 집중을 유지한다.

1. 당신의 장점과 단점을 나열해 보라.

① 장점

② 단점



2. 당신이 싫어하는 일이나 동물, 사람을 적어 보라.



3. 당신이 좋아하는 음식과 싫어하는 음식은?



4. 당신의 고민이나 걱정거리, 그리고 당신이 겪고 있는 고
통은 무엇인가?

# 습관적 행동
# 알아차리고 고치기

남에게 혐오감을 줄 수 있는 습관적인 행동을 스스로 알아차리고 이를 교정하기 위한 것이다. 특히 가족끼리 즐거운 분위기에서 놀이처럼 할 수 있다.

두 사람이 짝을 이루어 한 사람이 어떤 행동(생각도 포함)이든 할 때마다 '나는 …을 하겠다'(예 : 나는 일어나겠다)고 말로 선언하고 행동을 이어 나가도록 한다. 다른 한 사람은 상대의 이러한 행동 과정을 지켜보면서 상대가 말로 미리 선언한 것 이외에 무의식적인 행동(예 : 기침을 함)이 일어나면 이를 빠짐없이 지적해 준다. 그러면 지적을 받은 사람은 의식적으로 '나는 기침을 하겠다'라고 말하고 기침을 하는 행위를 밖으로 드러내어 실컷 과장해서 반복한다. 그리고는 다음 행동을 말로 선언하고 행동을 계속 이어나간다. 서로 역할을 바꿔가며

10분 정도씩 연습한다.

　　주의가 산만하거나 몸의 자세가 바르지 않거나, 좋지 않은 버릇을 가진 청소년 자녀를 둔 부모들은 이 연습을 통해 자녀들 스스로 자신의 습관적인 행동을 고칠 수 있도록 도와줄 수 있다. 질책이나 꾸중만으로는 결코 그들의 행동을 교정할 수 없다. 무의식적인 습관화된 행동을 더욱 과장되게 밖으로 드러내는 것은 그들 스스로가 그것을 분명히 알아차리고 그것을 의식적으로 다시 해봄으로써 그러한 행동에 대해 거부감을 갖지 않고 그들 스스로 그것에서 풀려나도록 하기 위함이다.

# 고통을 응시하기

1. 의식적으로 숨을 멈춘 상태를 끝까지 유지하면서 몸과 마음에서 어떤 반응이 일어나는지 관찰하라. 매연이나 심한 냄새가 나는 곳을 거닐다가 잠시 숨을 멈추듯이 가벼운 마음으로 한다.

2. 몸의 어떤 부위에 통증이 일어날 때 우리는 자동적으로 거부감이 들고 두려움을 갖게 된다. 이럴 때 '아프면 낫는다'는 믿음을 가지고 그것을 하나의 '느낌'으로 받아들이고 어떤 감정적 반응이 일어나도 개의치 말고 그 아픔을 끝까지 응시해 보라. 그리고 별 반응 없이 그것을 응시할 수 있게 되었을 때 자기가 아주 호기심을 가질 수 있는 물건이나 일에 관심을 돌려 보라.

# 몸에게
# 감사와 사랑 보내기

아침 저녁 10~20분 정도 잠에서 깨어난 직후와 잠들기 직전에 자리에 누운 채 한다. 부위별로 몸에게 감사와 사랑의 감정을 실어 의식을 집중하면서 허리 등 몸을 풀어줄 수 있는 가벼운 운동이다.

아침에 일어나고 저녁에 잠자리에 드는 하루는 일생의 축소판과 같다. 바쁜 일과 속에서 스트레스에 찌든 대부분의 사람들은 뒤늦은 시간에 잠 속에 곯아 떨어지고, 일터의 시간을 맞추기 위해 억지로 눈을 뜨고 허둥지둥 몸을 움직인다. 마음먹기에 달렸다고는 하지만, 오랫동안 몸에 밴 이와 같은 생활방식을 바꾸는 게 그리 간단하지는 않을 것이다. 좋은 시작이 좋은 결과를 보장하듯, 좋은 끝맺음 역시 더 나은 시작을 기약해 준다.

잠 속으로 그냥 빠져들지 말고, 잠들기 전이나 잠 깬 직후

잠시라도 마음을 가다듬고 그저 묵묵히 일하는 우리의 몸에게 감사와 사랑을 보내자.

이 연습은 깨어 있는 의식 상태로 하루를 열고 마감할 수 있는 가벼운 생활관리 프로그램이다.

1. 정수리에서 시작해 발바닥까지 각 부위별로 감사와 사랑의 감정을 실어 관심을 보낸다. 감사와 사랑을 말로 표현해도 좋다.

2. 얼굴(귀 포함)을 부위별로 손가락으로 가볍게 만져주고 눌러준다.

3. 허리 운동(발 맞추기, 자전거 타기, 붕어 운동, 물구나무 서기 등)

4. 가벼운 맨손 체조

# 3장

지금 행복하지 않으면
앞으로 행복할 수 없다.
앞으로 행복하려고 하지 말고
지금 행복하라.

# 설계자인 나는 누구인가

우리는 앞에서 행복을 짓는 재료들에 대해 알아보면서 설계도를 어떻게 그릴지 기본적인 방향을 잡아놓았다.

우선 행복의 집을 설계할 설계자에 대한 설계도부터 그린 다음, 행복을 짓는 원리와 방법을 연습을 통해 터득하여 새로운 청사진을 마련해 보자.

우리는 앞에서 내정해 둔 이 우주의 설계자인 순수의식에게 설계를 맡기기로 계획을 세웠다. 지금까지 내가 살아온 행복의 집은 물론 내가 설계를 하고 손수 짓기는 하였으나 내가 누구인지도 모른 채 그저 내 마음이 시키는 대로만 했다. 그러니까 지금까지 지어온 행복의 설계자는 내가 아니고 내 마음이었던 것이다.

비록 늦게나마 이 사실을 안 이상 이제 과거처럼 마음에게 설계를 맡길 수 없다. 그래서 나를 비롯한 이 세상 모두를 지었다고 하는 창조자인 순수의식에게 모든 것을 맡기기로 했지만, 그가 누구인지, 그리고 나와는 어떤 관계가 있는지 아직은 잘 모르기 때문에 확신이 서지 않는다. 내 마음대로가 아닌, 내가 내 마음의 주인이 되어 마음을 부리면서 손수 내 행복을 지을 방도는 없을까?

이 의문을 스스로 풀지 않은 채 무작정 내 행복을 지을 수는 없는 노릇이다.

내 행복을 지을 나는 누구인가?

우리는 이제 이 의문을 더 이상 피할 수 없게 됐다. 할 일도 많은데 지금 와서 새삼스럽게 그런 골치아픈 걸 따져서 뭐하겠느냐고 반문할지도 모른다.

우리의 마음이 지녀왔던 습관적인 사고방식이 바로 이것이다. 만약 당신이 이와 같은 생각과 감정을 가지고 있다면 이 생각과 감정부터 '있는 그대로 살펴보기'로 다루어야 할 것이다. 이런 생각과 감정이 일어나기 전 당신의 의식은 당신 자신도 모르게 순수했다.

이 책을 읽어나가는 동안 당신은 자신의 상식에 어긋나는 말도 안 되는 소리에 당혹해할지도 모른다. 그러나 바로 이때가 당신이 자기 생각의 주인이 될 수 있는 기회이다. 당신의 생각은 당신이 아니고, 당신의 것이기 때문이다. 자신도 모르게 일어난 생각을 있는 그대로 살펴보는 순간, 그 생각과 당신은 하나가 된다. 그때 당신은 다시 순수의식 상태로 돌아가게 된다.

순수의식을 '나의 근원'이라고 정의내리는 순간, 순수의식은 나와 따로 떨어져 있는 그 무엇이 되어버리고 만다. 순수의식은 나와 떨어져 있는 어떤 대상이 아니라 '순수한 의식상태의 나'를 말한다.

당신은 자기 자신에 대해 어떻게 생각하고 믿어왔는가?

'나는'으로 시작되는 다음 문장을 완성해 보라. 이 연습은 당신이 가져왔던 당신 자신의 생각을 알아보기 위한 것으로 그냥 떠오르는 대로 적어보면 된다.

나는 ________________________    나는 ________________________
나는 ________________________    나는 ________________________
나는 ________________________    나는 ________________________
나는 ________________________    나는 ________________________
나는 ________________________    나는 ________________________

이 연습을 통해 당신은 '나'에 대해 내리는 이와 같은 판단과 정의들이 모두 나에 대한 생각이며, 내가 알게 모르게 달고 다니는 나의 꼬리표임을 알 것이다. 다시 말해 그것은 나의 신분이며, 내가 그린 나의 자화상일 뿐이다.

이들은 모두 '내가 아니고 나의 것'일 뿐이다. 그렇다면 대체 나는 누구인가?

누구나 한번쯤은 가져보았을 의문이다. 우리들은 여러 가지 이유로 이 의문과 정면으로 맞서는 것을 피해 왔다. 당신은 이런 의문에 대한 대답을 철학이나 종교가 대신해 줄 것으로 믿고 그것을 진리로 믿어왔을지도 모른다. 당신이 무엇을 진리로 믿건 진리는 자기가 진리라고 믿는 것이 진리일 수밖에 없다.

당신은 당신 자신을 사람, 여자(남자), OOO의 딸(아들)이라고 믿을 수도 있고, 신(神) 또는 신의 신, 신의 피조물이라고 믿을 수도 있다. 또한 자신을 몸, 마음, 또는 얼(영혼)이라고 믿을 수도 있고, 몸과 마음과 얼을 가진 존재 또는 그것의 주인이라고 믿을 수도 있다.

당신은 자신을 위대한 존재라고 믿을 수도 있고 하잘 것 없는 존재라고 믿을 수도 있다. 당신은 자신을 행복하다고 또는 불행하다고 믿을 수도 있고, 행복과 불행을 창조하는 창조자라고 믿을 수도 있다.

당신은 당신 자신이 누구인지 알 수 있다고, 또는 알 수 없다고도 믿을 수 있는데, 당신 자신이 누구인지 알 수 없다는 것을 알았다고 할지라도 '그렇게 생각하는 나는 누구인가?'라는 의문은 언제나 당신을 따라다닐 것이다.

당신이 당신 자신에 대해 어떻게 믿고 생각하건 그것은 당신 자신의 생각이고 믿음이지 당신 자신은 아니다. 그 모두는 당신이 아니고 당신의 것일 뿐이다. 그렇기 때문에 당신은 당신 자신에 대해 어떤 믿음을 가질 것인지를 당신이 선택하고 결정할 수 있다. 따라서 우리는 이 모든 생각들을 지어낼 수 있는, 이 모든 생각들의 주인인 나를

‘순수의식’ 또는 ‘참나’로 이름 붙이고자 한다.

우리는 평소에 내 몸, 내 마음, 내 얼(영혼)이라고 말하면서도 그것이 나인지, 내가 지은 나의 것인지에 대해 의문을 가지고 있다. 이 의문을 풀기 위해 몸과 마음 그리고 얼이 무엇이며, 내 삶 속에서 어떤 역할을 해나가는지 그것부터 살펴보자.

어떤 겉모습을 취하고 있든지, 소위 진리라는 것을 탐구하는 데 관심을 가진 사람들에게 이 주제는 공통의 화두가 되기에 충분하다.

필자는 의식세계에 관심을 가지기 시작했던 학창시절, 어느 날 우연히 텔레비전 대담프로에서 정년퇴임하는 의과대학 안과 교수의 이야기를 듣게 되었다. 담담한 어조로 말하는 그의 말이 나의 가슴을 파고들었다.

“나는 평생 안과의사로서 눈병을 가진 환자들을 치료하고 또 강단에서 학생들을 가르쳤다. 그런데 안과의로 일하면서 처음에는 몰랐는데, 내가 치료할 수 있는 몸의 눈(肉眼)말고도 두 개의 눈을 더 가지고 있음을 알게 되었다. 그 하나는 우리의 마음이 가진 심안(心眼)이고, 또 하나는 우리의 영혼이 가진 영안(靈眼)이다. 나는 두 가지 눈이 더 있다는 것만 알았을 뿐 몸의 눈도 제대로 치료하지 못한 채 이렇게 정년을 맞이하게 되었다.”

그 교수의 말은 당시 나에게 큰 충격을 안겨주었다. 그때 나는 마음의 눈과 얼의 눈에 대해 의문을 가지면서 혼자서 이런 다짐을 했었다.

'마음의 눈과 얼의 눈이 무엇이며, 또한 마음과 얼이 어디에 있는지 꼭 알아내고야 말겠어.'

학교를 졸업하고 직장생활을 시작하면서 나는 이 의문을 가슴에 품은 채 나름대로 정신세계의 탐구에 나섰다.

오랫동안 이 의문에 대해 온갖 책을 뒤적이기도 하며 이른바 영적 스승으로 일컬어지는 여러 사람들과 만나 많은 질문을 던져보았으나 시원한 대답을 듣지 못했다. 그러던 중 이러한 의문에 대한 해결의 실마리를 스스로 잡을 수 있도록 도움을 준 길 안내자를 만나게 되었다. 이 의문을 푸는 단서가 될 수 있겠기에 개인적인 경험담을 소개하려고 한다.

# 1. '뿐' 선생과의 인연

지난 1995년에 타계한 '뿐선생'으로 불렸던 첼리스트 장규상 씨. 그의 존재가 그나마 세상 사람들에게 알려진 것은 그보다 먼저 세상을 뜬, 한때 인기를 누렸던 남매 가수 '현이와 덕이'의 아버지였기 때문이었다. 당시 주간지들은 이따금 그가 상투를 틀고 첼로를 켜는 모습을 크게 싣고, 그에게 '기인' '도사' 등의 꼬리표를 붙여 아주 신비한 인물로 묘사했다.

내가 그를 처음 만난 것은 1985년 쯤이었는데, 그때 나는 직장생활을 하면서 끼리끼리 만난 벗들과 탐구 모임을 만들고 도인(道人)다운 도인을 찾는 데 열중해 있었다. 나는 뿐선생 못지않게 나의 탐구생활에 길잡이가 되어 준 고 취산 박영철 선생으로부터 '한국의 크리슈나무르티'를 발견했다는 말을 듣고, 뿐선생이 머물던 서울 방배동 집을 찾아갔다. 상투를 틀고 수염을 기른 그의 모습은 마치 외계인 같은 묘한 인상을 풍겼다. 그는 찾아오는 방문객을 맞으면서 누구에게나 "얼마나 고생이 많으십니까?"라고 인사한 뒤 첼로 연주실인 그의 거실로 안내한다. 이어 '뿐'이라고 이름붙인 순수의식의 세계를 첼로의 선율에 담아 전해 준다.

그는 1950년대 전후에 KBS관현악 부장으로 활약할 무렵부터 '한국의 카잘스'로 불릴 만큼 뛰어난 첼로 연주자였다. 그가 현역에서 은퇴한 이후에는 그의 첼로 연주를 들으면 떠도는 영혼의 한(恨)도 풀어낸다고 하여 그를 구령(救靈)음악가라고 불렀다. 그의 첼로는 같은 곡을 수십 번 들어도 들을 때마다 새로운 울림으로 다가오는 마력이 있었다.

그는 오직 평화의 에너지로만 가득 찬 그 무한의 뿐세계를 물질적 우주인 몸(−), 정신적 우주인 마음(+), 영적 우주인 영(○)이 모두 해탈하여 조화롭게 어우러진 모습을 그림(⊕)으로 표현했는데, 그 그림의 모양이 '뿐' 자와 비슷해 '뿐'이라고 발음하게 되었다고 한다.

그가 첼로를 연주할 때는 물론이고 그와 마주하고 있는 시간에는 어느 누구도 말을 하지 않는다. 도무지 아무 생각도 나지 않고 말을 하고 싶지도 않게 되기 때문이다. 그는 사람들에게 '뿐'을 그저 느껴지는 대로 느끼게 할 뿐 생각할 틈을 주지 않았다. 그 역시 오직 연주로만 말할 뿐 궁금한 것을 물어봐도 그저 빙그레 웃기만 했다.

나는 처음 그를 만난 이후부터 하루도 빠짐없이 퇴근하자마자 그에게 달려갔다. 말 없이 그냥 그의 연주를 있는 그대로 느끼기를 3개월 가량 계속 했다.

이렇게 3개월이 지난 어느 날 그는 "내일 올 때는 애기를 데리고 오라"고 말했다. 나는 당시 초등학교 3학년이었던 딸을 그에게 데려갔다. 그날은 동요와 우리 가곡을 많이 연주했다. 몇 곡이 끝나자 나와 함께 감상하던 딸의 얼굴 표정이 바뀌면서, 딸아이가 예쁜 천사의 모습이 보인다고 눈을 감은 채 말했다. 그러자 그는 그저 대수롭지 않다는 듯이 그 천사가 누구인지 물어보라고 딸에게 말했다. 딸은 그 천사가 '뿐천사'라고 소개한다며 자기는 "뿐선생의 뿐안내를 돕고 있다며 궁금한 점이 있으면 무엇이라도 물어보라"고 한다고 전했다.

이상한 일이 벌어지고 있다는 것은 알았지만, 딸의 태도는 너무도 자연스러웠고 어떤 이상한 징후도 발견할 수 없었다. 나는 딸아이에게 뿐의 세계가 어떤 세계인지를 물었다. 뿐선생의 안내로 '뿐 뿐 뿐' 하고 속삭이던 아이는 "그것은 아빠의 생각으로는 알 수 없다. 그냥 느껴보면 된다"고 대답했다. (뿐선생은 그것을 '뿐통화'라고 했으며 뿐통화를 할 수 있는 어린이를 어떤 분이 '뿐천동'이라고 이름지었다고 했다.)

나는 딸에게 어떻게 이런 일이 일어날 수 있는지 그리고 나는 왜 뿐통화가 되지 않는지 물었다. 딸은 "이 세상에 있는 것은 모두 뿐이기 때문에, 생각만 없어지면 누구나 뿐통화를 할 수 있고, 아빠도 생각이 없을 땐 나처럼 그렇게 할 수 있다"고 말했다.

집으로 돌아온 나는 딸아이에게 뿐선생 없이도 혼자서 그때와 같이 뿐통화를 할 수 있는지 시험해 보았다. 아이는 나의 복잡한 질문에 거침없이 대답했다. 나는 아이가 혹시 뿐선생의 최면에 걸린 게 아닌지 의심해 보았으나 도무지 의문이 가시지 않아 가까운 몇몇 분들(그 중에는 당시 동국대 총장이었던 정재각 박사와 앞서 소개한 취산 선생도 포함)에게 이 사실을 알리고, 여러 어린이를 데리고 와 함께 확인해 보자고 제의했다.

대여섯 명의 아이들(초등학생과 중고생)이 동참한 가운데 연주가 시작되었다. 그날은 뿐선생이 작곡한 뿐노래를 함께 소리내어 불렀다. 얼마 쯤 시간이 지나자 딸아이를 비롯해서 참석한 어린이 모두가 뿐통화를 할 수 있게 되었다. 동석한 어른들은 도무지 믿을 수가 없다는 의아한 표정이었다. 어떤 아이의 어머니는 뿐통화를 하는 동안 혹시 몸에 이상이라도 생기게 될까 봐 안절부절 못하는 눈치였다.

드디어 합동 뿐통화가 시작되었다. 정 박사가 질문자로 나섰다. 정 박사는 예수님이나 부처님 같은 성인들과도 뿐통화를 할 수 있느냐고 아이들 모두에게 물었다. 아이들은 이구동성으로 어느 누구와도 할 수 있다고 입을 모았다.

정 박사의 질문이 시작되었다. 부처님과 예수님을 함께 초대할 수 있겠느냐고 물었다.

뿐천동들 : 벌써 여기에 와 계신다.

정 박사　 : 어떤 모습을 하고 계시는가?

뿐천동들 : 망토 같은 옷을 입고 계신다. (그림을 그리는 아이도 있었다.)

정 박사　 : 이 지구촌은 종교의 갈등으로 전쟁이 그치지 않고 있다. 양대 종교의 교주로서 두 분이 이를 책임져야 하지 않겠는가?

뿐천동들 : 두 분이 이렇게 말씀하십니다.

〈부처〉 나는 불교라는 종교를 만들지 않았습니다.

〈예수〉 나는 기독교라는 종교를 만들지 않았습니다.

정 박사 : 그럼 두 분은 무엇을 가르쳤는가? 지구촌의 어려운 문제
들의 해결책은 무엇인가?

뿐천동들 : 〈예수, 부처〉 우리는 뿐선생님처럼 뿐을 안내했을 뿐입
니다. 뿐 뿐 뿐 하기만 하면 모든 것이 해결됩니다. 이미
뿐세계가 왔습니다.

정 박사 : 두 분은 어떤 경지에 있는가? (몇몇 아이들이 경지라는 말
을 알아듣지 못하자 정 박사는 누가 더 높은 사람인지 물었다.)

뿐천동들 : 〈부처〉 나는 예수님 안에 있습니다.

〈예수〉 나는 부처님 안에 있습니다.


뿐천동들의 표현은 약간씩 차이는 있었지만 뿐통화 내용은 거의
같았다. 이 대목에서 정 박사는 더 이상 질문할 기분이 아닌 듯했다.
기가 막히다는 표정이었다. 또 다른 몇 분이 질문했지만 아이들의 대
답은 모두 이런 식으로 막힘이 없었다. 나중에는 일상적인 일에까지
질문이 이어졌다.

한 어머니가 딸에게 "어느 곳에 이사를 하면 좋으냐?"고 물었는데

그 아이는 "뿐 뿐 뿐" 하더니 "엄마 하고 싶은 대로 하면 된다"며 "내가 점쟁이 인 줄 아느냐?"고 말해 사람들이 폭소를 터뜨렸다. 어른들은 이 아이들에게 앞으로 이상이라도 생기지 않을까 걱정했다. "그것도 아이들에게 직접 물어보자"고 취산 선생이 말했다.

뿐천동들 : 뿐 뿐 뿐 하면 공부도 더 잘하고 몸도 튼튼해진다. 누구나 뿐 뿐 뿐 하기만 하면 된다.

이 일이 있은 얼마 후 어느 여름날, 한 청년으로부터 전화가 걸려왔다. 사연인즉, 자신은 철원이 고향인 대학생으로 얼마 전 뿐통화 광경을 지켜본 뒤 방학이 되어 고향으로 내려갔는데, 뿐선생을 전혀 모르는 청소년(초등학생~고등학생) 여러 명이 자신의 인솔하에 뿐노래를 몇 번 불렀는데 뿐통화를 할 수 있게 되었다며 직접 와서 확인을 해달라고 흥분된 어조로 말했다.

나는 그 학생과 철원에서 만날 약속을 한 뒤 다시 주변 사람들에게 이 사실을 알렸다. 전에 참석했던 사람 외에도 이번에는 그 비밀을 제대로 캐내기 위해 뛰어난 영능력을 갖고 있는 일본인 교수(신학박사) 한 분과 정신세계원의 송순현 원장과 관계자들도 동행했다.

우리 일행은 그 청년과 약속한 철원의 강가에 도착했다. 아이들이 멱을 감고 있다가 우리 일행 옆으로 모여 둘러앉았다. 그 청년이 이

끄는 대로 뿐노래를 부르고 뿐통화가 시작되었다.

질　문 : 뿐선생을 만나지 못했는데 어떻게 그분의 모습이 떠오르
　　　　게 되었나? 아저씨(청년)가 말해준 것이 아닌가? 어떤 모
　　　　습인가?
뿐천동들 : 뿐선생은 뿐이기 때문에 직접 만나든 안 만나든 상관이
　　　　없다. 뿐 뿐 뿐 하면 그냥 떠오른다. 뿐선생의 상투와 수
　　　　염에 뿐천사들이 매달려 있는 모습이 보인다.

지난번보다 더 많은 질문이 쏟아졌다. 주로 질문자가 자신들이 좋
아하는 현자(賢者)들로부터 가르침을 끌어내려는 식의 질문이었는데
그들은 어떤 질문에도 대답했다. '뿐'에 대한 질문과 그에 대한 대답
의 공통점은 '생각을 없애야 한다'는 것이었다. 묵묵히 지켜보고 있
던 그 여교수는 감이 잘 잡히지 않는 듯한 눈치였다. 그런데 도중에
중학생 정도로 보이는 한 어린이가 그녀를 가리키면서 "저 분도 우리
처럼 뿐통화를 할 수 있는 분"이라고 말해 일행을 놀라게 했다. 그녀
는 일행들의 설명 요청에 묵묵부답이었다. 일행들 모두가 그저 어리
둥절할 뿐이었다.
　그후 나도 그 청년처럼 아이들과 뿐통화를 시도해 보았다. 결과는
마찬가지였다. 초대된 아이들 모두 그저 너무도 당연하다는 표정이

었다. 나는 어떻게 이런 일이 일어날 수 있는지, 그리고 뿐선생의 지난 행적이 궁금해졌다. 나는 그때부터 본격적인 뿐세계 탐구에 나설 결심을 했다. 주위의 몇 분과 힘을 모아 그의 새로운 거처를 서울 세검정에 마련하고 그곳을 뿐생활관이라 이름지었다. 뿐안내 센터가 열린 것이다. 그때가 아시안게임이 열린 1986년이었다. 나는 1988년 서울올림픽 때까지 3년 동안 거의 매일 그와 함께 생활했다. 그때부터 그는 비로소 첼로 연주와 함께 말로도 뿐세계를 안내하기 시작했다.

그는 적은 것을 보고 읽듯이 한순간에 '뿐'의 메시지를 토해내곤 했다. 그가 안내한 뿐 메시지의 요지는 이렇다.

우리가 사는 이 세상은 우리의 진실인 뿐이 자기의 모든 가능성을 실험하기 위해 뿐이 자기 안에 만든 자기 밖의 세계이다. 이 세계는 또 물질(-)과 정신(+), 그리고 물질과 정신이 분산되어 서로 관계를 맺다가 마침내 소멸되어 만들어진 영(0)의 세계로 나누어져 있다. 인간의 몸과 마음, 그리고 영은 뿐이 뿐 쇼를 즐기기 위해 만든 가설무대의 착각 장치에 불과하다. 그러므로 마음대로 된 것보다 마음대로 안 된 것에 오히려 감사할 줄 알아야 한다. 생각하는 마음이 바로 모든 고통의 원인이다. 생각은 마음의 똥과 같다. 생각하는 것은 착각하는 것이다. 그러니 생각 밖으로 나가야 한다. 그곳이 바로 자유와 행복의 뿐세계이다.

　수련법 같은 것을 가르쳐주기를 원하는 사람들에게 그는 "뿐이 무슨 수련이 필요하단 말인가?"라고 반문하면서 "생각으로부터 자유로울 때까지는 생각이 일어날 때 바로 숨을 멈추어라. '답답하다'는 생각도 생각이다. 그 생각이 있을 때도 절대 숨을 쉬어서는 안 된다. 언제 어느 곳에서나 이 실험은 계속되어야 한다. 그렇게 하겠다고 자기 자신과 약속하라"고 말했다.

　그는 또 생각이 많은 사람들에게 '뿐타작'이라 하여 이마와 뺨을 타작하듯 때리라든지, 서 있다 갑자기 몸에 힘을 빼어 땅바닥에 넘어져 보라든지, 물을 한꺼번에 몇 되씩 마시게 한다든지 그의 표현대로 평소에 하지 않던 짓을 해보도록 권유했다. 나는 당시, 그가 권유한 이러한 엉뚱한 행동들이 남의 생각으로 만든 어떤 방법을 따르는 것은 자기 발견에 아무 도움이 될 수 없으므로, 오직 자기 자신과의 약속으로 자기가 만든 방법으로 스스로 깨달아야 함을 일러준 것으로 이해했다. 그는 "자기 생각의 노예가 되지 말고, 몸과 마음과 영의 주인으로서 두려움과 고통에서 벗어나야 한다"고 말했다.

　그는 글을 쓸 때도 그것이 생각이 아니라는 것을 분명히 하기 위해 진리 이런 식으로 두 겹으로 글을 썼다. 그 까닭은 진리라는 생각은 진리가 아니며 겹글자 사이의 공간이 진리임을 알려주기 위해서였다. 그는 입버릇처럼 "뿐이 뿐이 아니라 그 이름이 뿐이다. 진리가 진리가 아니라 그 이름이 진리다"라고 말했다.

또한 그는 나와 생활하는 3년 동안 하루도 빠지지 않고 고통받는 영들을 위한 '뿐구령' 의식(儀式)을 가지기도 했다. 처음에는 그를 찾아오는 사람들에게 악영향을 끼치는 영들의 자유를 위해 백지에 겹글씨로 그들의 이름과 상관된 영들을 기록한 후 첼로 연주를 한 다음 적은 종이를 불에 태웠다. 그때 옆에 뿐천동이 한 사람이라도 있을 땐 구령 과정에서 어떤 일이 일어나는지를 지켜보는 사람들에게 알려주도록 했다. 뿐천동들은 뿐선생의 연주 속에 자유를 되찾은 영들의 감사하는 모습들을 극적으로 묘사하곤 했다. 뿐구령은 처음에는 개인별로 하다가 나중에는 '교통사고로 죽은 사람들 및 일체 상관령' 이런 식으로 집단 구령의식을 갖기도 했다. 그는 이 일을 하루에도 몇 차례씩 했다.

그가 뿐선생이 된 연유는 이렇다.

그는 개성에서 태어나 어릴 때부터 음악적 재능을 보여 고등학교 때 연주회를 가질 만큼 첼로에 소질이 있었다. 연세대에 입학한 그 해 한국전쟁이라는 처참한 동족상잔의 비극을 목격하고 말할 수 없는 충격을 받은 그는 첼로 하나만 메고 전쟁으로 상처받은 이웃들 곁으로 방랑길을 떠났다. 자유인이 되기 위한 몸부림이었다. 그는 병든 사람들을 찾아 뿐을 들려주면서 고통을 함께 했는데, 그 과정에서 자기도 병자가 되어 의식을 잃고 쓰러졌다가 몇 시간이 지난 후에 다시 깨어났다. 그러자 그동안 앓던 결핵 등 몸의 병이 모두 씻은 듯이 나아버렸다는 것이다.

그는 뿐선생으로 거듭나게 되기까지의 과정에서 있었던 이야기 한 토막을 내게 들려주었다.

"어느 나병환자 수용소에 당도해 관리인에게 위문 연주를 하겠다고 부탁했지. 내 제의를 받아들인 관리인은 환자들을 강당에 모이게 했어. 강당에 들어서니 사람이 한 명도 안 보이는 거야. 뭔가 인기척이 있는 것 같아 강당 뒤편을 살펴보니 커튼이 쳐 있었고 그 커튼에 여러 개의 구멍이 뚫려 있더군. 가까이 가보니 구멍을 통해 그들이 나를 지켜보고 있었어. 자신들은 나에게 그들의 일그러진 얼굴을 보이기 싫어서 그렇게 했던 거야. 그 순간 내 가슴이 뛰었지. 나는 커튼을 젖히고 그들을 앞으로 나오라고 애원했지만 외면만 당했어. 그 순간 나는 가래침과 고름이 담겨 있는 그릇을 발견했지. 나는 그들이 보는 앞에서 뿐 뿐 뿐하며 그것을 마셔버렸어. 그랬더니 그들이 나를 얼싸 안는 거야. 우리는 그 날 완전히 하나가 돼 뿐 뿐 뿐 했지……."

그의 이런 행각은 전국을 돌면서 이어졌다. 그후 서울에 올라와서도 그는 병원, 교도소, 사회복지 시설 등 응달에 사는 사람들 속으로 들어가 그들에게 뿐의 울림을 선사했다. 그의 이러한 위문 공연 소식은 당시 잡지 〈신동아〉에 화보와 함께 기사화되었다.

뿐선생 이야기에 고개를 갸우뚱하는 독자들이 많을지도 모른다. 하지만 세상에는 우리가 모르는 세계가 무척 많다. 사실 개인적으로 뿐선생과의 만남은 나의 어설픈 탐구 생활의 새로운 도약을 위한 단단한 반석이 되었다. 뿐세계의 탐험으로 나는 나의 의식세계 탐구의 정점이 된 아봐타 프로그램을 만든 해리 팔머(Harry Palmer)와 새로운 인연을 맺을 준비를 했던 것이다.

## 2. 얼에 대하여

이제 나와 나의 것인 몸과 마음, 그리고 얼이 나의 삶을 만들어 가는데 어떻게 작동하며 어떤 역할을 수행하는지를 살펴보자.

우리는 몸으로 행동하고, 마음으로 생각하기 때문에 몸과 마음의 작동 방식이나 역할에 대해서는 별로 의문이 없지만, 얼에 대해서는 궁금한 점이 많다. 그래서 얼은 몸, 마음과 어떤 관계를 맺고 있으며 어떤 역할을 하는지 알아보려는 것이다.

우선 국어 사전에 나와 있는 얼의 풀이부터 살펴보자.

1) 죽은 사람의 넋

2) (불교) 인간의 모든 정신적 활동의 본원이 되는 실체

3) (기독교) 신령하여 불사불멸하는 정신

4) 육체와 구별되어 육체에 머물면서 마음의 작용을 맡고 생명을 부여하고 있다고 여겨지는 비물질적 실체(혼, 영)

이와는 별도로 가톨릭 백과사전에는 '생각의 근원'으로 풀이되어 있다.

분명 나의 얼임에도 불구하고 많은 사람들은 얼을 종교에서나 다룰 주제로 인식해 온 듯하다. 종교적 신념의 차이에도 불구하고 얼에 대한 풀이는 대체로 일치한다. 그러나 나의 얼이라고 했을 때의 그

‘나’를 어떻게 해석하느냐에 따라 얼의 개념도 달라질 수밖에 없다.

특히 아인슈타인이 단초를 제공한 양자물리학은 얼이 우리의 몸과 마음속에 스며들어 있음은 물론, 우리 모두를 둘러싸고 있는 비물질적인 에너지의 다발임을 알려주는 많은 증거들을 보여주고 있다.

이제 성역으로 간주되었던 신의 섭리는 과학에 의해 하나씩 신비의 베일을 벗고 있다. 유전공학 등 현대과학은 인간마저 창조해 낼 수 있는 기술로까지 발전했다. 우리는 이런 21세기의 지구촌 시민으로 살아가고 있다.

물리학은 이미 오래 전에 모든 물질은 ‘입자와 파동’이라는 두 가지 성질을 갖는다고 말해 왔다. 그렇다면 인간의 의식도 마찬가지일 것이다. 우리는 흔히 ‘머리로 생각한다’고 말한다. 생각을 우리의 머리에서 만들어지는, 보이지 않는 물질로 보는 유물적인 믿음으로 보면 생각은 마치 입자(물질)로 느껴질 수밖에 없다. 그리고 생각을 정신적인 존재로 볼 때는 입자가 아닌, 시간과 공간의 제약을 초월하는 에너지 파동으로 느껴질 것이다.

생물학과 의학, 특히 새로운 대체의학으로 떠오르고 있는 심신상관(心身相關) 의학은 생각의 다발과 같은 마음이 우리의 머릿속이나 가슴속 어딘가에 있는 게 아니라, 60조 가량의 우리 세포 하나하나에 들어 있음을 알려준다. 미국 보스턴대 의학부 교수를 역임한 인도 출신의 영성 의학자 디팩 초프라(Deepak Chopra)는 자신의 저서 『사람은 늙지 않는다』(정신세계사)에서 우리의 몸을 이루고 있는 낱낱의 세포는 "다른 세포가 하는 일을 모두 알고 있다"고 주장한다. 그의 관점에서 보면 생각이 머리에서 나오는 것처럼 여겨지는 이유는 인체 중에서 두뇌의 세포 수가 가장 많기 때문일 것이다.

그렇다면 나의 얼은 어디에 있는가?

이 물음에 답하기 위해서는 다시 현대 물리학과 심리학, 특히 앞에서 살펴본 초개인 심리학의 관점들을 차용해야 한다. 초개인 심리학은 인간을 무한 잠재력을 가진 의식의 연속체로 파악한다. 그리고 물리학의 발견들은 소립자인 전자와 전자 사이의 텅 빈 공간을 눈에 보이거나 보이지 않는 모든 존재의 근원임을 추정토록 하는 증거를 보여주고 있다.

애초에 우리에게 깃들어 있는 생명력 그 자체인 의식을 만물의 근원으로 가정한 것은 여기에 근거를 둔 것이다. 이렇게 볼 때 우리의 얼은 에너지 파동인 의식의 다발로서 우리의 몸 세포는 물론 그 사이 공간과, 몸 전체를 감싸고 있는 에너지의 실체라고 볼 수 있다.

이러한 에너지를 오라(Aura)라고도 하는데, 이른바 성인들을 그린 그림의 후광(後光)으로 표현되기도 했다.

오라는 사람들로부터 방사되는 에너지에 의해 형성되는데 옛소련의 세미온 킬리언(Semyon D. Kirlion, 1900~1980)이 이를 촬영할 수

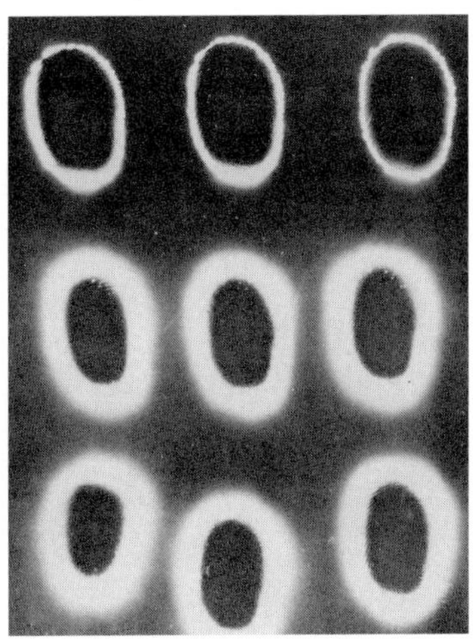

오른쪽의 희미한 부분은 덩굴 딸기의 잎을 잘라낸 것인데, 마치 여전히 존재하는 것처럼 에너지상이 남아 있다. 이런 현상들을 설명하기 위해 서구 과학자들은 생체 에너지체, 또는 생체 플라스마라는 개념을 도입하기도 했는데 이것이 바로 기(氣)라고도 할 수 있다(위).

있는 장치를 개발했다. 그는 이 장치로 여러 대상을 촬영해 본 결과 생물체의 상태에 따라 밝기나 색깔, 형태 등이 다르다는 사실을 발견했다.

하루는 그가 자신의 손가락 주위에서 나오는 빛을 관찰하면서 사진을 찍고 있었는데, 평소와는 다른 빛이 나타났다. 바로 다음날 독감이 걸리고 나서, 그는 몸의 상태 변화가 겉으로는 감지되지 않아도 발병하기 전에 이미 신체의 이상에 대한 정보가 사진에 나타난다는 사실을 알게 되었다. 그는 이 사실을 확인하기 위해 나뭇잎을 가지고도 여러 번 실험을 해보았다. 그 결과, 나무의 경우에도 겉으로는 아무 이상이 없어 보여도 속으로 이상이 생겼는지의 여부를 알 수 있었을 뿐만 아니라, 나뭇잎의 일부를 잘라내어도 잘려진 아무것도 없는 부분에서 어떤 상(像)이 찍혀 나오는 것을 알았다. 어떤 과학자도 아직 이러한 마술 같은 현상이 일어나는 이유를 명확히 설명하지 못하고 있다.

킬리언 사진은 또 사람의 마음도 찍어낸다. 사람의 지문을 찍은 이 사진(99쪽 오른쪽)에서 맨 윗줄은 일상적인 의식 상태에서 찍은 것이고, 아래의 두 줄은 마음을 충분히 가라앉혀 편안한 상태에서 찍은 것들이다. 이런 정신 상태일 때 훨씬 강한 오라가 뿜어져 나오는 것을 볼 수 있다. 이 킬리언 장치는 인체의 진단, 각종 기(氣) 제품의 성능 측정 등에도 활용된다.

이 장치를 통해 우리가 몸의 눈 외에도 마음과 얼의 눈을 가지고 있듯이, 육체뿐만 아니라 더 차원 높은 에너지의 몸을 겹겹이 입고 있음을 알 수 있다. 또한 우리의 얼이 우리의 상상을 초월한 에너지체로서 우리의 높은 자아임을 깨닫게 해준다. 몸과 마음의 건강 상태는 얼의 건강 상태의 반영이다.

유엔의 전문 기구인 세계보건기구(WHO)는 지금까지 '건강한 사람'의 정의를 '몸과 마음과 사회 심리적으로 건강한 사람'이라고 했다가, 1999년부터 여기에다 '얼의 건강'을 추가했다. 얼의 건강은 우리가 누리는 행복감의 정도에 좌우된다. 다시 말해 모든 병은 행복감의 결핍에서 온다. 그래서 우리는 얼의 건강을 위해 행복을 지으려는 것이다.

우리가 '나의 얼'이라고 말할 때에는 순수한 의식으로서의 '나'를 얼의 근원으로 보고 이 에너지체를 개체화시켜 그렇게 말하는 것이다.

일찍이 TM(초월 명상)이라고 불리는 명상법을 만들어 미국을 비롯한 전세계에 보급하고 있는 마하리시 마헤시 요기(Maharish Mahesh Yogi)는 "얼이 주체적 입장을 취한 것이 '마음'이고, 객체적 입장을 취한 것이 '몸'"이라고 간명하게 정의했다.

이 정의에 입각해 볼 때 마음이 생각의 다발이면 얼은 의식의 다발로서 순수의식에 가장 가까운 에너지라고 할 수 있다.

# 3. 얼의 눈과 채널링

몸과 마음의 눈, 그리고 얼의 눈이 역할면에서 어떤 차이가 있는
지 살펴보도록 하자. 우리의 얼은 마음의 눈(心眼)으로 생각해 보고
몸의 눈(肉眼)으로 느껴본 모든 느낌을 통해 자신이 누구인지를 알
며 몸과 마음을 보호하고 성장을 돕는다. 그리고 우리가 삶에서 체
험한 모든 삶의 느낌은 얼의 필름 속에 수록돼 있음을 밝혀 주는 증
거들이 많다.

얼의 필름에 느낌으로 기록되어 있던 정보를 마음이 해석해 낼 때
이를 영감(靈感)을 얻었다고 말한다. 그리고 우리가 꿈 꿀 때의 몸의
인상과 같은 유체(幽體)를 육체와 분리시키는 유체이탈 체험자들과,
의학적인 사망 선고를 받고도 되살아난 이른바 임사(臨死) 체험자들
은, 얼이 하나의 에너지체로서 육체의 죽음 이후에도 삶을 계속 이어
나가게 된다는 사실을 증언하고 있다.

얼이 육체의 죽음 이후에도 자신의 삶을 설계해 나가고 있음을 보
여주는 적절한 예로 최면에 의한 '기억퇴행술'을 들 수 있다. 의과대
학 정신과 교수인 조엘 휘턴(Joel Whitton) 박사가 정리한 연구 결과
를 보면 과거의 기억을 더듬어 올라가 보면 생을 시작하기 이전 단계
까지 도달하게 되며, 퇴행을 계속하면 대상자가 경험했던 수많은 생

이 확인되는데, 성(性)이 바뀌면서 그 수가 스물다섯 가지나 되는 사람도 있었다.

퇴행을 거듭하면 하나의 생과 다음 생을 구별하기가 불가능한, 생과 생 사이에 시간과 공간이 존재하지 않는 과도기가 있다. 이는 얼이 한 생을 마감하고 또 다른 생을 시작하기 전에 준비하는 단계로서, 이 시기에 얼은 빛으로 가득한 세계에 머물며 자신이 경험한 생을 되돌아 보면서 모든 것을 다시 느끼게 된다. 특히 다른 사람에게 고통을 주었다면 그 느낌까지도 그대로 느끼는 방식으로 완벽하게 되짚어 보고 자신의 잘못을 그대로 인식하고 그 사람에게 보상하기 위해 무엇을 할 것인지 계획하게 되며, 여러 생 동안 서로 사랑하고 돕던 얼의 짝을 다시 만나기 위한 계획을 수립한다. 또한 얼의 깨우침을 위한 일련의 사건들도 계획하는 등 스스로 자기 삶의 경험을 설계한다는 것이다.

휘턴과 마찬가지로 윤회론을 뒷받침하는 방대한 자료를 수집하여 정리한 사람으로 정신과 교수인 이안 스티븐슨(Ian Stevenson)이 있다. 그는 최면요법을 사용하지 않고 30년 동안 전세계를 돌며 전생의 기억을 가지고 있는 사람들을 탐문 조사하여 수천 건의 사례를 정리하였다.

우리는 육체를 입고 있는 얼과 육체를 입지 않은 얼과의 통신, 즉 영계통신(靈界通信) 능력을 가진 '영매(靈媒)'들을 이따금 볼 수 있다.

이 영매들도 그들이 도달한 의식 수준에 따라 천차만별일 것이다.

이 얼의 세계에서는 개체 영혼이 교체되는, 우리가 상상할 수도 없는 일들이 벌어지기도 하는데, 『나는 티벳의 라마승이었다 *The third eye*』를 번역한 박영철 선생은 이 책에 나오는 얼의 교체 이야기 중 두고 나가는(work out) 얼을 '두나이', 받아들이는(work in) 얼을 '바드이'라고 하는, 새 용어를 만들어냈다.

이 책은 어느 날 갑자기 티베트 라마승의 얼로 교체된 영국의 인텔리 남자 의사의 전생 체험담을 전 20권으로 기록한 책으로 당시 유럽 전역에서 큰 화제를 불러일으켰다. 영국의 BBC 방송은 전생담의 사실 여부를 확인하기 위해 티베트에서 현지 조사를 하였는데 거의 모두가 사실로 밝혀졌다. 예를 들면 사람의 이름이나 그 라마승이 쓰던 방의 문갑의 위치까지 그대로 맞아 떨어졌다는 것이다.

정보통신 시대에 들어와 또다른 영계통신 형태로 채널링(Channeling)이라는 게 있다. 우주와의 인터넷이라고 할 수 있는 채널링은 스피커폰과 번역기가 장착된 컴퓨터가 다른 차원의 컴퓨터로부터 이메일을 받는 통화 형식이요, '차원 간의 텔레파시'라고 할 수 있다.

채널링은 높은 수준의 얼이 철학적 · 종교적 대화를 주도한다는 점에서 무속의 빙의(憑依) 현상과 구별되고, 강제성을 띠지 않아 채널러가 자기를 지킬 수 있다는 점에서 접신(接神)된 영매와도 다르다.

서구에서 채널링의 효시는 이미 우리 나라에서도 『육체가 없지만 나는 이 책을 쓴다』, 『세스 매트리얼』(도솔출판사) 등의 책을 통해 널리 알려진 미국의 시인이자 작가인 제인 로버츠(Jane Roberts)를 꼽는다. 그녀는 창작 활동을 하던 어느 날 '에너지 형태의 인격적 본질'로 소개하는 '세스'라는 영적 존재로부터 메시지를 받기 시작했다. 처음에는 그녀도 그것이 자신의 잠재의식에서 나오는 소리인 줄 알았다고 한다. 그녀는 세스의 메시지를 25권의 책으로 출판했다.

이와 같은 채널링의 발신원은 수백 년, 수천 년 전에 지구에 살았다는 인간도 있고, 수백 명 정도의 얼들의 집합체로 있는 경우도 있고, 한번도 지구인으로 태어난 적이 없다는 얼도 있다. 또한 다른 행성의 4차원이나 5차원에 거주한다는 존재도, 몇 광년 떨어진 별에 속한 자라고 소개하는 존재도, 미래로부터 왔다는 존재도 있다. 그리고 고대의 성현과 천사와 신도 등장하며, 우리가 전혀 이해할 수 없는 양태의 존재도 나타난다.

앞서 뿐선생 이야기에서 소개한 뿐통화도 일종의 채널링으로, 뿐천사라는 인격적 상징을 매개로 뿐선생이 말하는 뿐세계와 접속이 이뤄지는 것이라고 이해할 수 있다. 이는 방송을 청취 또는 시청하기 위해 채널의 사이클, 즉 주파수를 맞추는 것과 같다고 하겠다. 뿐선생이 없는 곳에서 단지 몇 차례 뿐노래를 함께 부른 것만으로 뿐통화가 이루어진 것은 시공간과 주·객(主·客)이 따로 없는 파동의 세계에서 일어나는 '똑같은 주파수는 공명한다'는 공명(共鳴)의 원리로 설명할 수 있을 것이다.

이에 대한 과학적 이론으로는 영국의 생화학자인 루퍼드 셸드레이크(Rupert Sheldrake) 박사의 형태형성장(形態形成場) 이론을 들 수 있다. 그는 아주 비슷한 사건이 연속적으로 일어나는 것을 과학적으로 해명하려 했는데, 몇 번이나 같은 일이 일어나면 그런 일이 일어나는 '형태의 장'이 만들어져 이 장이 공명하여 같은 일이 일어난다고 주장했다. 공명이 비단 소리에서뿐만 아니라, 사건에서도 일어난다는 말이다. 이 같은 그의 가설은 숨은 그림찾기 게임의 정답이 한 번 방송된 이후 새로운 시청자의 정답률에 어떤 변화가 일어나는지를 공개적으로 실험한 결과 정답률이 3배가 높아지는 결과를 얻어서 주목을 받기도 했다. 그는 생물체가 단지 유전 형질에 의해서만 모든 것이 결정되는 게 아니라 출생 이후의 경험과 앎에 의해 형태를 결정하는 어떤 '정보의 틀'이 형성된다고 했다.

이 생명장(生命場) 이론을 뒷받침해 줄 수 있는 '100마리째 원숭이' 이야기도 있다.

일본 고시마라는 섬에 사는 원숭이들의 학습 생태를 연구하던 중 한 영리한 원숭이가 진흙이 묻은 고구마를 물에 씻어 먹는 방법을 발견하여 이를 다른 원숭이에게도 가르쳐 주기 시작했는데 이로부터 5년이 지나는 동안 섬 전체의 원숭이들이 이 방법을 알게 되었다. 그리고 이때부터 원숭이들은 고구마를 민물 대신 바닷물에 씻어 먹으면 맛이 새로워진다는 사실을 알게 되었다. 원숭이들은 이 방법을 주변 원숭이들에게 알리기 시작했다. 그런데 방법을 알게 된 원숭이 숫자가 100마리에 이르자 놀랍게도 섬 전체의 원숭이들이 단 하루 만에 거의 다 알게 되었다는 것이다. 더욱 신기한 것은, 서로 직접적인 교류가 전혀 없는 다른 지역의 원숭이들까지도 거의 동시에 바닷물에 고구마를 씻어 먹는 방법을 알게 되었다는 것이다.

이와 같은 현상의 또다른 실례로, 활동 범위가 15킬로미터 정도인 영국의 텃새인 푸른 박새가 우유병의 뚜껑을 부리로 쪼아 우유를 먹는 방법을 알게 되자, 이것이 순식간에 전유럽으로 퍼져 나갔다는 것이다.

우리는 이런 사례들을 통해 이 우주는 하나의 유기체와 같이 보이지 않는 에너지 파동의 그물망과 같은 연결을 통해 정보를 교환하며 진화해 나가고 있음을 추정해 볼 수 있다.

우리는 이 사례들을 통해 열린 의식으로 참행복을 누리는 사람들이 일정수로 늘어날 때 우리의 집단의식에도 폭발적인 변화가 일어나리라 예견할 수 있다.

채널링과 관련해서 최근에 주목할 만한 사례가 있다. 신(神)과의 대화 내용을 『신과 나눈 이야기』(아름드리)라는 다섯 권의 책으로 펴낸 미국의 닐 도널드 월시(Neale Donald Walsh)가 바로 그 장본인이다.

당시 쉰 살 무렵 직장에서 해고당한 그는 건강마저 악화되자 자신의 인생을 그렇게 만든 신에게 항의하는 편지를 쓰게 됐다. 그런데 그 순간 놀랍게도 마치 전류에 감전이라도 된 듯이 신의 대답을 받아적게 된 것이다. 1992년에 시작된 이 대화는 첫번째 책이 출간되어 나올 때까지 3년 동안 계속되었다. 베스트셀러가 된 이 책은 20개국에 판권이 팔릴 정도로 전세계 독자들로부터 큰 반향을 불러일으켰다.

이 다섯 권의 책에는 우리가 가질 수 있는 삶의 의문에 대한 신의 대답이 나와 있다. 월시는 이를 계기로 비영리 단체를 만들어 인류 의식의 진화를 돕기 위해 일하고 있다. 그는 이렇게 말한다. "이 책에 나오는 신은 가톨릭의 하느님도, 기독교의 하나님도, 불교의 부처님도, 혹은 다른 어떤 특정 종교에서 숭배하는 신도 아니다. 오히려 기존 종교와는 전혀 무관하게 단지 창조주이자 관찰자로서만 존재하는 신, 지옥과 천당 없이 인간에게 모든 창조력과 선택권을 무제한으로 허용한 신이다."

# 4. 얼을 가진 나는 누구인가?

우리는 몸과 마음, 그리고 이 둘을 삶의 경험의 도구로 삼고 있는 얼을 가진 존재이다.

얼을 가진 존재로서의 나는 누구인가?

내가 몸·마음·얼을 가진 주인이라면, 그 주인인 나야말로 이와 같은 '나의 것'들을 도구 삼아 내 삶을 기획하고 연출하는 창조자임이 분명하다.

각자의 믿음에 따라 이 주인인 나에 대해 여러 가지 이름을 붙이고 있으나, 우리는 순수의식이라고 부르기로 했다. 나의 본성인 순수의식은 일어나는 모든 정신작용의 변하지 않는 배경이다. 그것은 생각과 생각의 틈 속에 존재하는 것이라고 말할 수밖에 없지만, 존재도 비존재도 아니다. 우리는 순수의식을 '참나'로 불러도 좋을 것 같다.

참나는 참나라는 생각 자체다.

내 삶이 이 보이지 않는 참나에 의해 연출되고 있다면, 내 몸과 마음, 그리고 얼이 어떻게 작동하는지 다음과 같이 정리할 수 있다.

| | 순수의식(참나) | 얼(얼나) | 마음(맘나) | 몸(몸나) |
|---|---|---|---|---|
| 구실 | 앎 | 느낌 | 생각 | 행동 |
| 역할 | 기획 · 연출자(창조자) | 조연출자(연기자) | 연기자 | 연기자 |
| | (총감독) | (조감독) | (배우) | (배우) |

이 표는 '나의 것'이긴 하지만 참나와 구분하기 위해 몸 · 마음 · 얼을 각각 몸나 · 맘나 · 얼나로 이름을 붙이고 각각의 구실과 역할을 살펴본 것이다.

우리의 삶이 끝없이 펼쳐지는 대하 드라마라고 볼 때, 삶의 창조자인 참나는 삶의 드라마를 배후에서 기획하고 연출하지만 영원히 '관찰되지 않은 관찰자'로서 자신의 모습을 드러내지 않는다.

참나는 얼나로 변신하는 그런 방식으로 자신의 역할을 얼인 얼나에게 이양한다.

참나를 영원 무한의 바다에 비유하면 얼나는 조각난 바다인 물방울과 같다. 이로써 참나의 분신인 얼나는 연출자인 참나에 의해 만들어진 것이라는 점에서는 연기자이지만, 연기자(배우)이면서도 참나로부터 조연출자로서의 역할을 이어받는다.

얼나 역시 참나처럼 물질세계의 시공을 초월해 자신의 모습을 드러내지 않은 채 오직 배우 노릇에만 열중하고 있는 맘나와 몸나를 사랑의 에너지로 감싸주고 있다.

얼나의 목적은 오로지 맘나의 생각과 몸나의 느낌을 모두 느끼면서 그 느낌을 감정의 형태로 맘나와 몸나에게 되돌려 주는 것이다. 예를 들면 맘나가 부정적인 생각을 일으키면 그것이 몸나의 감각기관과 연결되어 부정적인 감정을 일으킨다.

이렇듯 얼나는 맘나가 생각을 자신의 언어로 사용하는 것과 같이, '느낌'을 자신의 언어로 사용하며, 자신이 누구인지를 이런 체험을 통해 안다.

마음이 생각의 다발이라면 얼은 의식의 다발이라고 말할 수 있다.

얼나는 참나의 의도된 각본을 존중하여 자기의 분신인 맘나와 몸나에게 불간섭의 원칙을 지켜나간다. 그래서 얼나가 보내는 감정적 신호는 진정 원하는 것이 아닌, 그와 정반대인 원치 않는 현실에 초점을 맞추는, 다시 말해 마음이 길을 잃었음을 알려주는 경고등 같은 것이다.

참나인 자신이 감독이자 배우인 삶의 드라마의 전개 방식을 일상생활 과정에 그대로 연결시켜 비유해 보자.

깊은 잠에 빠져 있을 때가 순수한 의식상태로 존재하는 참나라면, 아침에 막 잠에서 깨어나 '나'라는 존재를 의식하는 순간이 얼나이며, 이어 '화장실에 가겠다'는 생각을 일으킨 맘나의 명령대로 행동으로 옮기는 나가 바로 몸나인 셈이다.

참나는 자기 밖이 없기 때문에 참나 자기 안에 만든 자기 밖인 얼나, 맘나, 몸나를 동심원과 같은 다차원적 얼개로 만들어 신나는 어울마당을 펼침으로써 자기의 모든 가능성을 실험한다.

우리가 우리 삶의 연출자임을 까마득히 잊어버리도록 하는 것 또한 변신술사인 참나의 독특한 연출 방식임을 짐작해 볼 수 있다.

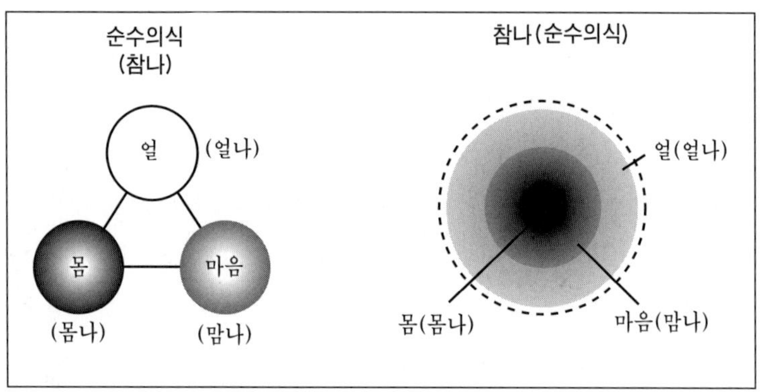


그리고 참나가 자신을 셋(몸나, 맘나, 얼나)으로 나누어 각기 독립된 존재로서 자신의 모습을 나타냈다면 그들은 각기 어떤 눈을 가지고 있는지를 몸나의 눈을 단서로 삼아 살펴볼 수 있다.

우리는 몸의 눈으로 물체를 본다. 그리고 생각해 보는 마음의 눈으로 기억 속에 인상지어진 모습을 본다. 물론 몸의 눈을 뜬 채로도 마음의 눈으로 무엇을 생각해 볼 수도 있다.

또한 우리의 얼은 몸과 마음의 모든 것을 느껴봄으로써 자신의 참 모습을 통찰한다. 이렇게 몸과 마음을 통해 모든 것을 있는 그대로

느껴보고 그것이 무엇인지를 알아차리는 제3의 눈을 '얼의 눈'이라
할 수 있다.

　얼눈은 있는 그대로를 느껴보고 아는 눈이다. '얼눈을 뜨고 세상을
보기' 위한 연습을 해보자.

# 얼눈 뜨고
# 세상 보기

가까이 있는 한 물체를 바라보는 대상으로 삼고,

• 먼저 몸의 눈으로 그것을 바라보라.

• 다음, 몸의 눈을 감고 마음의 눈으로 그것을 바라보라.

• 이제 몸과 마음의 눈으로 그것을 바라보고 있는 자기자신을 느껴보라.

이렇게 무엇을 있는 그대로 느껴보는 것, 그것이 바로 얼눈으로 세상을 보는 것이다.

우리는 마음으로 생각하지 않고도 어떤 정보 뒤에 숨은 느낌을 직관적으로 알아차리게 되는 것을 영감(靈感)을 얻었다고 하는데, 이는 얼의 눈으로 보았음을 일컫는 말이다. 이렇게 볼 때, 참나는 얼나 → 맘나 → 몸나라는 자신의 분신을 만들어 마치 연극 속에 연극이 있고 그 연극 속에 또 연극을 하는 것과 같이 끝없는 삶의 드라마를 펼쳐 나간다.

그래서 많은 선각자들은 우리가 실재한다고 믿고 있는 현실이 모두 꿈이라고 했는지도 모른다.

실제로 우리는 꿈 속에서 꿈을 꾸는 꿈도 꾸고 있을 뿐 아니라, 그와 같은 꿈을 꾸는 것을 아는 이른바 자각몽(自覺夢)을 꾸면서 꿈의 스토리를 각색하는 꿈놀이를 즐기기도 한다.

많은 문화권에서 사람들은 꿈꾸는 동안 얼나가 몸 밖으로 나와 다른 세계를 여행한다고 믿어왔다. 자각몽은 꿈을 꾸는 동안 자신이 꿈을 꾸고 있다는 것을 느껴 아는 꿈을 말한다. 자각몽을 꾸어 본 사람은 알겠지만 꿈을 꾸는 실체, 즉 꿈의 연출자가 비록 '나 자신'임을 알기는 하지만, 그것이 일상의 자아와는 전혀 다른 차원의 나임을 느끼게 된다. 다시 말해 하나의 의식체가 둘로 나뉨을 뚜렷이 의식하게 되는 것이다.

나의 의식은 잠을 자는, 즉 꿈을 꾸고 있는 자아와, 꿈의 세계를 경험하고 내내 그러는 동안 자신이 잠을 자고 있다는 사실을 아는 자아로 분리된다. 또한 깨어나자마자 꿈을 꿨던 이가 그 즉시 자신이 그런 꿈을 꿨다는 것을 인식하게 되는 것 역시 자각몽의 특징이다.

『홀로그램 우주』라는 책을 쓴 마이클 탤보트(Michael Talbot)는 "꿈꾸는 자들이 꿈을 꾸면 꿈 속의 꿈꾸는 자들도 꿈을 꾼다. 우리 모두는 동시에 똑같은 꿈을 꾸며 각자의 세계를 구축하고 있을지도 모른다"고 말했다.

이와 같이 다차원적으로 켜켜이 존재하는 '나'는 앞으로 살펴보게 될 인간의 발명품 중 가장 신기한 것 가운데 하나로 꼽히고 있는 홀로그램(Hollogram)을 통해 더욱 선명한 모습을 드러낼 것이며, '나'라는 존재에 대한 이해가 극적으로 넓혀질 것이다.

이제 여기에 대한 몇 가지 연습을 즐겨보기로 하자.

# 얼나 만나기 명상

몸과 마음에서 일어나는 모든 것을 있는 그대로 느껴보기만 하는 얼나의 존재상태를 누려보기 위한 연습이다. 당신은 높은 자아인 당신의 얼과 만나게 될 것이다. 얼을 만난다는 것은 얼나의 존재상태로 있을 때의 느낌을 말한다.

어떤 바람이나 기대 같은 것은 금물이다. 명상 과정에서 어떤 생각이나 감정이 일어나더라도 그것들을 그냥 있는 그대로 살펴보고 알아차리기만 하고 스쳐가도록 해야 한다. 그것에 대해 어떤 반응도 하지 말아야 한다.

- 조용하고 편안한 공간을 확보하라.

- 허리를 펴고 눈을 감고 앉아 자기 몸을 느껴보라.

• 숨소리에 주의를 기울여 보라.


• 이제 의식을 양 미간 사이의 이마 중심으로 옮겨라.


• 거기를 그윽히 바라보면서 고요함과 함께 하라.


• 불빛과 같은 어떤 느낌이 생기면 그것과 함께 머물러 있
어라.

# 참나로서
# 지켜보기

몸나 → 맘나 → 얼나의 눈으로 세상을 바라보는, 그 모든 것을 연출자로서 지켜보는 참나로 있기 위한 명상이다. 있는 그대로 느껴보는 얼의 눈이 제3의 눈이라면, 느껴보는 그것을 지켜보는 참나의 눈은 제4의 눈이라고 해야 할까······.

• 몸과 마음을 가다듬고 눈을 감은 뒤 어머니에게 관심을 집중하라.

• 자신에게 관심을 돌려 자신을 있는 그대로 살펴보라.

• 자기 자신을 살펴보고 있는 자기를 느껴보라.

• 이제 자기 자신을 살펴보고 있는 자기를 느껴보는 것을 지켜보라.

# 가슴속에
# 얼나 품기

참나의 입장에서는 이 세상 모든 존재가 모두 자기의 얼나일 뿐임을 자각토록 하기 위한 연습이다. 분리된 존재, 즉 개별의식의 입장에서 보면 부모와 형제들은 모두 나와 떨어져 있는 다른 존재로 느껴질 수밖에 없다. 그러나 너도 없고 나도 없는 참나(순수의식)의 입장에서는 부모는 물론, 나라는 존재마저 자기의 분신인 얼나에 불과하다.

참나인 당신의 가슴속에는 이 세상 모든 존재들의 상처를 다 고치고도 남을 만큼 많은 사랑이 들어 있다. 우리의 가슴에 사랑이 있는 한 우리는 행복하다. 우선 그 사랑을 자기 자신에게 주라. 당신의 내면에서 샘솟는 사랑과 행복을 느껴보라. 사랑은 참나인 당신의 다른 이름이다.

조용한 공간에서 편안히 앉은 다음 과거로 시간여행을 하는 꿈을 꾸는 광경을 상상하라. 당신은 자기의 방에서 곤히 잠들어 있다. 당신은 이런 꿈을 꾼다.

과거든 미래든 시간을 거슬러 갈 수 있는 당신은 타임머신을 타고 땅거미가 지고 있는 산골의 외딴 오막살이 집안으로 들어간다. 인기척이 없는 어두컴컴한 방안에 들어가 보니 서너 살쯤 되어 보이는 어린 남매가 잠들어 있다.

잠든 얼굴을 살펴보는 순간 그 아이들이 바로 당신의 어머니와 아버지임을 알고 흠칫 놀란다. 그때 잠을 깬 두 아이가 겁에 질려 울음을 터뜨리며 먹을 것을 찾고 있다. 당신은 그 아이들을 함께 보듬어 주면서 달래보았으나 좀처럼 울음을 그치지 않는다. 간신히 먹을 것을 마련한 당신은 그 아이들을 먹이면서 모든 것이 안전하다고 말하며 그들을 안심시킨다. 당신이 정성으로 보살펴 주자 울음을 그치고 당신의 품속에 안긴다.

그들은 당신과 소꿉장난을 하면서 즐겁게 놀다가 잠이 든다.

두 아이가 잠들자 밖에 나온 당신은 그 집 근처에서 들려오는 또 다른 아이의 울음소리를 듣게 된다. 어둠을 헤치며 그곳에 다다르자 그곳에는 또 다른 아이가 막 잠에서 깬 듯 슬피

울고 있다. 그 아이가 바로 자기 자신임을 안 당신은 그 아이를 두 아이가 잠들어 있는 집으로 데리고 간다. 그 아이를 가슴에 품은 당신은 아이에게 언제나 곁에서 돌봐주겠노라고 약속하고 그 아이를 안심시킨다. 어느새 그 아이도 당신의 품 속에서 잠든다. 그 아이를 먼저 잠들어 있는 두 아이 곁에 누인 당신은 세 아이의 잠든 모습을 바라보면서 영원히 그들 곁에서 그들을 보살피면서 그들이 서로 사랑을 나누는 모습을 그려 본다. 당신은 그들에게 감사와 축복을 보내면서 그들 곁에 눕는다.

# 연출자에서
# 연기자로 변신하기

이 연습은 우리가 지을 행복의 집이 참나(순수의식) 자신이 연출자로서 집짓기의 뜻을 세우고, 자기의 대리인인 얼나를 내세워 이를 감리·지휘하도록 한 다음, 다시 연기자인 맘나와 몸나로 변신하여 그들로 하여금 설계도를 그리고 집짓기 공사를 하도록 하는, 참나→얼나→몸나의 변신 과정과 각자의 역할을 이해하기 위한 것이다.

• 당신이 체험하고 싶은 일 한 가지를 의도하고 계획하라. 그것을 의도대로 지어 체험하는 전 과정에서 일어나는 모든 것을 알아차리고 그것을 지켜보면서 실행하라.

• 또 다른 경험을 위한 의도를 가지라. 그 의도가 실현되기까지의 변신 과정(참나→얼나→맘나→몸나)을 알아차리면서 그 의도를 행동으로 옮겨라.

# 행복 짓기의 원리와 방법

우리는 앞서 의식활동의 도구인 '생각하기'와 '느끼기'가 행복을
짓는 원재료이며, 의식적인 생각하기로 행복을 지어낼 목표와 뜻(의
도)을 분명히 세우고, 거기에다 있는 그대로 느껴보기로 창조 에너지
인 순수한 기(주의)를 모으는 방식으로 행복을 짓기로 설계 방향을 잡
았다. 그러면 새롭게 지어낼 참행복은 왜 이런 방식으로 설계를 해야
하는 것일까? 과거의 설계방식에서 탈피해 새로운 설계의 원리와 방
법을 알아보자.

# 1. 행복한 신념이 행복한 현실을 낳는다

우리는 물질과 과학 만능의 시대를 살아오면서 오직 육안으로 보이는 것만 진실이고 보이지 않는 것은 미신으로 취급할 때가 많았다. 또한 겉모양이나 결과에만 눈이 팔려 그 참모습이나 원인 따위는 무시해 버린 채 물질만을 행복의 척도로 삼는 경향이 있었다. 그러나 물질지상주의에서 싹튼 이기심과 경쟁심이 낳은 오늘날의 물질문명은 공멸의 길로 치닫고 있으며, 생존 자체를 위협하고 있다. 이와 같은 상황은 과거와 같은 이념이나 사상, 문제 해결 방식으로는 어떤 효과도 기대할 수 없다는 것을 여실히 보여주고 있다. 인류의 구원과 참행복을 외치는 종교도 타종교나 다른 교파에 대해 겉으로는 완강한 자존심과 우월감을 내보이고 있지만 그것은 속에 감춰둔 두려움과 피해의식에서 비롯된 것이다. 특히 종교적 신념의 차이가 원인으로 작용하여 벌어지는 전쟁을 보라.

이런 이유로 우리는 이제 지금까지 가져왔던 행복에 대한 생각과 믿음을 바꾸지 않을 수 없게 되었다. 물질적인 풍요를 통해 나 혼자 누리는 행복이 아닌 정신적 풍요를 통해 우리 모두가 함께 누리는 참행복의 설계도를 마련하려는 것이다. 설계자에 대한 설계를 먼저 하게 된 이유도 바로 여기에 있다.

이 새로운 청사진의 바탕색이 될 새로운 믿음은 '우리 모두는 하나'이다. 다시 말해 우리 모두는 하나의 생명으로, '생명의 근원인 순수의식은 무한한 에너지로 충만해 있는 참나이다'라는 신념을 초석으로 삼고자 하는 것이다. 그리고 이 초석 위에 '나는 믿는 대로 체험한다' 다시 말해 '행복한 신념이 행복한 현실을 낳는다'는 대들보를 세우고자 하는 것이다.

우리는 스스로 자신의 현실을 만들어낸다는 사실에 대해 한편으로는 수긍하면서도 한편으로는 이를 의심한다. 이러한 의심은 원치 않는 현실에 직면할 때 더욱 커진다. 우리는 내 탓만으로 돌리기에는 너무도 불합리한 어처구니없는 현실을 경험할 때가 많다. 삶의 현실 속에서 내 의지와는 전혀 관계 없이, 정말 우연하게 벌어지는 그런 일들의 희생자가 되기도 한다. 내 마음대로 되는 일보다 안 되는 일이 더 많아질 때 우리는 어쩔 수 없이 불행을 느끼고 자신의 처지를 한탄한다.

자기도 모르게 남의 믿음을 받아들였거나, 자기가 의식적으로 어떤 믿음을 선택했거나 간에 '생각(믿음)이 현실(체험)을 만들어내는지, 아니면 체험을 통해 믿음이 만들어지는지' 의문을 품고 살아왔다. 그리고 어떤 믿음을 가져야 할지 고민해 왔다.

이 상반된 명제는 마치 '닭이 먼저냐, 달걀이 먼저냐'는 물음과 같다. '믿음이 자기의 현실을 만들어낸다'는 믿음은 '정신이 물질의 근원'이라는 관점에서 비롯되었으며 '체험이 믿음을 만들어낸다'는 믿음은 '물질이 정신의 근원'이라는 관점에 뿌리를 둔 것이다.

이러한 의문을 화두로 1960년대의 혼란기부터 치열하게 의식세계를 탐구해 왔던 미국의 해리 팔머는 1986년에 '창조학(Creativism)'이라는 새로운 신념체계를 제시하면서 이 의문에 답했다. 그가 바로 우리나라에도 1992년에 처음 소개된 의식개발 프로그램인 '아봐타 코스'를 만든 장본인이다. 그는 '신념이 경험을 창조한다'는 명제가 참임을 다음과 같이 증명했다.

당신은 믿는 대로 경험한다.
믿는 대로 경험하지 않는다고 믿는다면
당신은 믿는 대로 경험하지 않는다.
하지만 이것은 곧 당신이 믿는 대로 경험한 것이다.

그의 관점에 따르면, 인간의식의 바탕은 생각덩어리인 신념이다. 신념은 어떤 방향을 가진 생각, 즉 믿음이다. 무엇을 어떤 방향으로 생각하는 것은 그렇게 믿는 것이 된다.

예를 들어 '나는 사람이다'라고 생각하는 것은 그렇게 믿는다는 말이다. 확신의 정도에 관계 없이 무엇에 대한 추측(오늘은 추울 것이다), 기대(그는 일을 잘할 것이다), 견해(이 정보는 믿을 수가 없다)를 나타내는 이와 같은 생각들도 결국 그렇게 믿는 것이므로 신념이 된다. 우리가 알게 모르게 가지는 신념은 사고방식, 즉 관점을 낳고 그 사람의 마음가짐의 기준이 된다.

현실에 대해 세워놓은 어떤 가정이 진실이라고 생각함으로써 신념의 핵심이 형성된다. 의식은 신념이란 방식으로 가장 확실하게 프로그램된다.

이와 같이 나의 행복은 내가 지어낸다. 만약 내 행복을 내가 짓지 않는다고 믿으면, 내가 지어내지 않은 것으로 체험할 수밖에 없기 때문에 결국 나의 행복은 내가 지어내는 것이다.

우리에게는 어떤 믿음도 우리 마음대로 선택할 수 있는 자유가 있다. 어떤 믿음도 선택할 수 있는 자유가 없다는 믿음까지도 말이다. 그렇다면 우리는 행복한 삶이라는 원하는 현실을 만들어 낼 도구를 밖에서가 아닌 우리 안에서 마련한다는 점에서 '믿음이 체험을 낳는다'는 믿음을 의식적으로 선택하여 이를 요긴하게 사용할 수 있을 것이다.

우리가 원하는 행복하고 풍요로운 삶을 지어낼 수 있는 원리가 바로 여기에 있다.

이제 우리는 물질 문명 발전의 받침대 역할을 해온 '체험이 믿음을 만든다'는 믿음과 작별을 고하고 '믿음이 체험을 만든다'는 믿음을 의도적으로 선택함으로써 물질과 정신이 어우러지는 새로운 문명인

의식문명의 새 시대를 여는 초석으로 삼아야 할 때가 온 것이다.

우리가 무엇을 어떤 방향으로 생각하거나 믿는 신념은 영화의 필름에 해당되고 우리가 체험하는 현실은 스크린에 비친 활동사진과 같다. 따라서 행복한 신념은 행복을 불러들일 것이다. 그러나 어떤 사람이 '나는 불행하다'라는 신념을 가지고 있다면 그는 자신을 불행하게 보게 될 것이고, 불행의 증거를 끌고 다니며 보여줄 것이다. 따라서 나와 관계를 맺고 있는 사람이나 경험하는 현실 상황은 자기의 생각과 믿음, 즉 자기의 에너지 파장으로 자기가 불러들인 것으로서 모두 자기 신념의 반영이다.

우리는 때로 인간관계에서 갈등을 빚고 있는 상대에 대해 대개 저 사람에게 저런 허물이 있으니까 내가 허물로 보지 않을 수 없다고 생각한다. 그와 같은 원인 제공을 상대가 하고 있으니 내 잘못이 아니라는 식이다. 다시 말해, 상대가 미운 짓을 하는 현실을 내가 체험한 결과 내가 미워할 수밖에 없다는 믿음을 갖게 된 것이다. 믿음이 체험을 낳은 것이 아니라, 체험이 믿음을 가져온다는 믿음이다.

이러한 믿음이 옳다는 증거는 얼마든지 있다.

난로가 뜨거운 줄 몰랐던 아이가 뜨거운 난로에 손을 데이는 체험을 통해 난로가 뜨겁다는 믿음을 갖게 된 것은 너무나도 분명한 사실이라고 생각할지 모른다. 물론 그 생각은 옳다. 그러나 그 반대의 믿음도 그것을 뒷받침해 줄 사실 증거는 얼마든지 있다. 그래서 사람은 누구나 자기가 믿는 대로 체험할 수밖에 없는 것이다.

인간관계에서 갈등이 생겼을 때 자기의 마음속을 잘 들여다보면 자신이 그 사람을 미워할 수밖에 없는 증거를 만들어내기 이전에 자신도 모르게 갖고 있던, 상대를 싫어하고 배척하는 생각과 감정들을 찾아낼 수 있을 것이다. 따라서 이런 사람에게 허물이 보이면 그것은 그 사람에게 잘못이 있는 것이 아니라, 그렇게 생각하는 자기 마음에 허물이 있음을 알아야 한다. 왜냐하면 그것은 내 마음의 필름이 그대로 비춰져 나타난 화면이기 때문이다. 그러나 우리는 때때로 이러한 삶의 현실에 대해 필름을 고칠 생각은 않고, 화면만을 바꾸려고 애를 쓴 적이 많았다.

인간관계를 맺는 상대에 대해 보는 사람에 따라 그가 곱게 보일 수도, 밉게 보일 수도 있다. 또 같은 사람을 볼 때도 어제는 곱게 보였는데 오늘은 밉게 보이기도 한다. 이것은 자기 자신에 대해서도 마찬가지이다. 이렇듯 우리는 자기가 알게 모르게 지니게 된 믿음의 색안경으로, 다시 말해 그 믿음의 체(필터)로 걸러 그것을 현실로 체험하게 된다.

따라서 우리는 행복한 신념이 행복한 체험을 가져온다는 새로운 믿음을 의식적으로 가질 수 있다. 이것이 바로 행복이 지어지는 원리이며 우리가 지을 행복의 새로운 청사진이다.

이제 우리는 우리 자신이 어떤 존재인지, 그리고 우리가 원하는 삶을 체험할 수 있는 원리와 이치가 무언지 알게 되었다. 이로써 행복하고 풍요로운 삶을 만들 수 있는 준비를 갖추게 된 것이다.

우리는 새롭고 좀더 성공적인 삶을 살기를 원한다. 지금까지 그렇게 바라왔지만 그것이 쉬운 일은 아니라고 믿어왔다. 이러한 믿음은 그동안 살아오면서 너무도 많은 실패를 경험했기 때문에 더욱 강화될 수밖에 없었다. 체험을 통해 믿음이 만들어진다는 이 믿음이야말로 우리가 행복한 삶을 이루는 데 가장 근본적인 장애물이 아닐 수 없다.

"그렇게 생각만 한다고 일이 되겠어?"

우리는 종종 이렇게 자조 섞인 푸념을 늘어놓는다. 우리가 먼저 바꿔야 할 의식이 바로 이것이다. 우리의 의식이 새로워지지 않는 한 현실은 절대로 변하지 않는다.

우리는 돈이 좀더 넉넉히 있었으면 하고 바란다. 그러나 돈은 항상 부족하고, 물가는 항상 비싸다. 우리 마음속에는 갚아야 할 빚과 막아야 할 청구서들에 대한 생각들로 가득 차 있다. 또 앞으로 어떻게 살아야 할지 걱정하고 조바심낸다.

경제적으로 좀 넉넉해지기를 간절히 바라고 있지만 우리의 의식은 항상 부족감과 잡념으로 가득 차 있다. 이런 상태에서 풍요로움을 누릴 수 없는 것은 너무도 당연하다. 새로운 일자리를 얻는 것도 마찬가지이다. 자기가 가지고 있는 창의력도 발휘하고 좀더 좋은 대우를 받을 수 있는 그런 일자리를 찾고 싶지만, 마음속으로는 그런 자리가 있을 리 만무하다고 끊임없이 되뇌이고 있다. 이런 상태에서는 그런 직업이 나타나기는커녕, 앞으로 나타날 가망조차 없어질 게 뻔하다.

그리고 좀더 용기있고 자신감에 찬 사람이 되고자 하지만, 계속 우리의 의식은 자신의 문제점, 열등한 점, 부족한 점들에만 매달린다. 그러니 더욱 나약해지고 쓰라린 좌절감을 맛보게 되는 게 자명하다.

물론 우리가 무엇을 간절히 원한다고 해서 감나무의 감이 뚝 떨어져 입 속에 들어가듯 우리 앞에 저절로 나타나는 것은 아니다. 하지만 이러한 부정적인 생각들을 바꾸지 않는 한 우리는 항상 제자리에 머물러 있게 될 뿐이다.

우리 주변에 있는 사람들을 살펴보라. 성공한 사람은 성공에 대한 의식을 가지고 있다. 부유한 사람은 풍요의 의식을 가지고 있다.

우리는 또 많은 돈을 갖거나, 일단 바라던 것을 얻고나면 삶의 풍요로움과 행복감을 느끼게 될 것이라고 믿고 있다. 지금은 형편이 이렇지만 이를 악 물고 열심히 일하면 언젠가는 행복하게 될 것이라고 자신을 위로하면서 살고 있다. 그러나 미래는 없다. 그것은 신기루와 같은 환상일 뿐이다.

지금 행복하지 않으면 앞으로도 행복할 수 없다. 앞으로 행복하려고 하지 말고 지금 행복하라.

건강을 원하면 건강에 대한 의식을 가져라. 부자가 되고 싶은가? 그렇다면 풍요와 번영에 대한 의식을 가지면 된다.

지금의 상황이 어떻든 간에, 또 전에 얼마나 많은 실패를 거듭했던 간에 상관없이 지금 여기서 이러한 의식을 가지게 되면 우리의 삶은 틀림없이 바뀔 수 있다. 이것은 돈이 드는 일이 아니다. 또 특별한 재능이 있어야 되는 일도 아니다. 단지 우리의 결심만 있으면 된다. 그것이 전부다. 그밖에 다른 모든 것들은 저절로 제자리를 찾게 될 것이다.

우리의 생각은 우리의 현실을 만든다. 우리는 이를 받아들일 수도 있고 그렇지 않을 수도 있다. 우리는 우리의 마음을 부려 쓸 수도 있고 그 반대로 우리의 마음으로부터 부림을 당할 수도 있다. 이렇게 우리의 마음은 언제나 우리의 현실을 만들어간다는 사실을 우리는 이미 깨닫고 있다.

이제부터 연습을 통해 자기가 바라는 현실을 만들기 위해 우리가 지녀온 낡은 사고방식을 찾아내고 새로운 사고방식으로 자신의 의식을 바꿔보자.

우리는 자기에게 아무 도움이 되지 않는 믿음들을 자기도 모르게 가져왔다. 문제가 되고 있는 삶의 영역을 살펴보면 그릇되고 제한적인 믿음들이 뿌리내리고 있음을 발견할 수 있을 것이다. 그러므로 만약 다른 사람들과의 관계에 문제가 있다면 우선 인간관계에 대한 자

기의 믿음을 검토해 보라. 마찬가지로 건강에 문제가 있다면 건강에
대한 믿음을 살펴보고, 경제적으로 문제가 있다고 생각되면 돈에 대
한 자신의 믿음을 면밀히 살펴보라.

# 강요된 믿음과
# 동기 찾아보기

우리는 타인이나 자기 자신으로부터 무엇을 '꼭 이렇게 해야 한다'는 식의 강요된 믿음을 가지고 있다. 대개 이러한 믿음은 우리를 시간의 속박 속에 가두고, 초조하게 만든다. 이 연습은 당신에게 강요된 믿음을 찾아내어 그 동기를 밝혀보기 위해서이다.

1. 먼저 다음 문장을 채워 넣어라.

나는 ____________ 을 해야 한다.
나는 ____________ 을 해야 한다.
나는 ____________ 을 해야 한다.
나는 ____________ 을 해야 한다.
나는 ____________ 을 해야 한다.

나는 ____________ 을 해야 한다.
나는 ____________ 을 해야 한다.
나는 ____________ 을 해야 한다.
나는 ____________ 을 해야 한다.
나는 ____________ 을 해야 한다.
나는 ____________ 을 해야 한다.


2. 위에 적은 각 문장에 대해, 왜 그렇게 해야 한다고 생각했는지 그 동기와, 그렇게 작용한 자신의 믿음을 찾아보라.

# 관점을 바꿔보기

우리는 자기의 삶에 도움이 되는 방향으로 자기에게 유리한 관점을 취할 수 있다. 또한 삶을 행복하고 풍요롭게 가꾸는 데 전혀 도움이 되지 않는 믿음들을 자기도 모르게 가질 수가 있다. 이 연습은 자신에 대해 갖고 있는 부정적인 믿음이 무엇인지 알아내고, 새로운 관점을 갖기 위한 것이다.

다음에 열거한 믿음(생각) 하나하나를 살펴보면서 이 믿음에 대한 자기의 관점은 무엇인지 적어 보라. 또한 자기가 적은 것과 열거된 믿음에 대해 바꾸고 싶은 것이 있으면 바람직하다고 여기는 방향으로 그것을 바꾸어 보라.

- 나는 나의 마음을 다스리는 데 곤란을 겪고 있다.

- 나는 나 자신에 대해 실망할 때가 많다.

- 나의 능력에는 한계가 있다.

- 나는 나 자신을 인정하기가 어렵다.

- 나는 나의 일에 보람을 느끼지 못한다.

- 나는 나 자신을 사랑하지 않는다.

- 나는 허물이 많다.

- 나는 건강에 자신이 없다.

- 병은 내 마음과 관계 없이 생긴다.

- 가끔 미래가 암담하게 느껴질 때가 있다.

- 나는 인간관계가 원만하지 못하다.

- 나는 가족관계에서 불화가 심하다.

• 나는 나의 주장을 굽히지 않는 편이다.

• 나는 인내력이 부족하다.

• 나는 내 감정을 조절하는 데 서툴다.

• 과거는 절대적으로 나에게 영향을 미친다.

• 나는 불행하다.

• 나는 시간에 늘 쫓기면서 산다.

• 나는 나의 노후가 두렵다.

• 나는 그다지 쓸모있는 사람이 못 된다.

• 물질적 풍요로움이 풍요로운 의식을 낳는다.

• 내가 행복하기 위해서는 필요한 것이 충족되어야 한다.

- 내 삶은 많은 실패로 얼룩져 있다.

- 생존경쟁에 지면 인생의 낙오자가 된다.

- 나는 다른 사람과 분리되어 있다.

- 이 세상에는 부족한 게 많다.

- 성공하기 위해서는 고통이 요구된다.

- 나의 나쁜 행위에 대해서는 사후에 심판을 받을지도 모른다.

- 조건 없는 사랑이란 존재할 수 없다.

- 이 세상에는 어쩔 수 없이 우열이 존재할 수밖에 없다.

- 나는 자기 주장만을 내세우는 사람을 경멸한다.

- 나는 나 하고 싶은 대로 해본 적이 별로 없다.

- 습관이나 사고방식을 바꾸는 것은 어렵다.

# 자기 제한적
# 믿음 찾아내기

우리는 '나는 …를(을) 할 수가 없다'는 식으로 자기의 능력이나 가능성을 스스로 제한하는 믿음들을 가지고 있다. 자기도 모르게 갖게 된 이러한 믿음들은 삶의 목표를 성취할 수 없게 발목을 잡는 요인으로 작용한다. 이러한 믿음들은 내가 무엇을 간절히 바라고 원하는 것 속에 숨어 있기 일쑤다.

이 연습은 내가 간절히 바라고 원하는 것을 갖거나 이루는 데 있어 장애요소가 되는, 자신을 제한하는 믿음이 뭔지 찾아보고 그것을 바꾸기 위한 것이다.

1. 자기가 간절히 바라거나 원하는 것을 적어보라.

보기 : 사업에 성공하는 것

2. 적은 각 항목에 대해 성취를 방해하는, 자신을 한계짓고 제한시키는 믿음을 찾아보라. 그리고 자기가 원하는 방향으로 바꿔보라.

보기 : 나는 실패할 수도 있다.　　나는 성공하게 되어 있다.

# 새로운
# 세계관 가져보기

다음에 열거된 믿음이나 가정, 관점들은 부모로부터 시작하여 학교, 사회로부터 배워서 지녀온 고정관념이며, 우리 자신을 제한하는 믿음이다.

우리가 함께 갖고 있는 기존의 세계관은 사회적 통념에 의한 최면이며, 무의식적으로 받아들여 함께 하기로 한 날조된 허구인 셈이다. 우리가 함께 체험하는 삶의 현실은 집단적 합의에 의한 규정 아래에서 살아갈 수 있도록 프로그램되어 있기 때문에 우리의 지배력을 벗어나고 있는 것이다.

우주관이란 우주의 무한한 에너지를 어떤 논리적인 틀 속에 정돈하는 하나의 방식일 뿐이다. 어느 쪽의 관점을 받아들일 것인가는 우리의 선택에 달려 있다. 우주관이 바뀔 때 우리는 삶이 얼마나 행복하고 풍요로운 것인지 새삼 깨닫게 된다.

이 연습의 목적은 자기의 선택에 의해 새로운 세계관(우주관)을 세우기 위한 것이다.

다음에 열거한 관점을 살펴보고 그와 같은 관점을 자기도 모르게 가져왔는지, 또는 자기가 알면서 선택했는지를 가려보라. 만약 자기도 모르게 그런 관점을 가져왔으면 이제 의식적으로 새로운 세계관을 가져보라.

- 이 우주는 __________ 에 의해 창조되었다.

- 이 우주 속에 내가 있다.

- 보는 자와는 관계없이 객관적인 세계가 있다.

- 사람은 생각할 줄 아는 물리적인 기계다.

- 나는 근원이 아니다. __________ 이(가) 근원이다.

- 이대로 가면 지구는 멸망한다.

- 삶의 체험을 통해 어떤 믿음을 갖게 된다.

- 믿음과 무관한 체험도 얼마든지 있다.

- 죽음은 피할 수가 없다.

- 개체로서의 인간은 서로 분리된 독립적 존재이다.

- 삶 속에서 고통은 불가피하다.

- 사람은 늙게 마련이다.

- 죽음은 종말이다.

- 죄를 지으면 천벌을 받는다.

- 오감으로 감지되지 않는 것을 현실로 믿기는 어렵다.

- 물질이 정신의 근원이다.

- 사람의 운명은 어쩔 수가 없다.

• 나와 다른 종교를 가진 사람이 싫다.

• 과거, 현재, 미래는 엄연히 존재한다.

• 만물의 근원은 알 수가 없다.

• 내 현실을 조절하는 데는 한계가 있다.

• 절대적 확신을 갖기란 어렵다.

• 나는 모르는 것이 너무 많다.

• 내 삶의 문제의 원인이 의식에 있다는 것을 믿기 어렵다.

# 감추어진
# 확신 찾아내기

우리는 단지 자기가 그렇게 믿고 있을 뿐이라는 사실을 모른 채 그것이 너무도 당연한 사실이라는 식의 믿음을 가지고 있다. 이와 같은 고정관념이나 편견은 우리의 의식 속에 감추어진 확신으로 자리하고 있다. 이 연습은 그런 고정관념이나 자기도 모르게 갖고 있었던 믿음들을 찾아내어 그것을 바꾸기 위한 것이다.

다음 물음에 답하면서 그것(답)을 그렇게 있게 하거나 되도록 하게 된 데는 어떤 믿음이 작용했을지 당신 속에 감추어져 있었던 믿음을 찾아내고 그것을 바꾸어 보라.

1. 당신이 가장 큰 장점으로 내세우고 싶은 것은?

보기 : 의리가 있는 것 / 나는 배신당할 수 있다.

2. 당신의 가장 큰 단점은?


3. 당신의 주된 욕망은?


4. 당신이 가장 좋아하는 것은?


5. 당신이 가장 싫어하는 것은?


6. 당신은 자신의 건강을 지키기 위해 어떤 노력을 하고 있
는가?


7. 당신의 가장 큰 걱정거리는?


8. 당신이 가장 두려워하는 것은?

# 돈에 대한
# 고정관념 찾아보기

우리는 행복의 조건으로 여겨왔던 돈에 대해 여러 가지 그릇된 믿음을 가지고 있다.

이 연습은 우리가 물질적인 풍요로움을 누리는 데 장애요인이 되는 돈에 대한 고정관념을 찾아내고 이를 새로운 관점을 세울 계기로 삼기 위한 것이다. 정신적인 행복이 물질적인 풍요를 가져다준다는 신념을 갖는 것은 물질적인 풍요가 절대로 행복을 가져다주지 못한다는 뜻이 아니라, 항상 행복을 누리는 가운데 물질적인 풍요를 기쁘게 맞아들이고자 하기 위함이다.

1. 다음은 돈에 대한 믿음의 보기이다. 자기가 동의하고 있는 믿음을 살펴보고 지금까지 돈에 대해 가져온 자기의 고정관념을 찾아내라.

• 돈은 물질이다.  /  돈은 에너지다.

• 돈이 부족하다.  /  돈이 충분히 있다.

• 돈을 의지로 끌어올 수 있다.  /  돈은 운이 따라야 한다.

• 돈을 벌려면 하기 싫은 일도 해야 한다.  /  좋아하는 일을 하면서 돈을 벌 수 있다.

• 돈은 모든 악의 뿌리다.  /  돈은 삶의 활력소가 된다.

• 돈은 영적 성장의 장애 요소다.  /  돈은 영적 성장에 보탬이 된다.

• 돈이 있어야 풍요로움을 느낄 수 있다.  /  풍요로운 느낌 속에 있으면 돈은 따라온다.

• 돈 많은 사람은 대개 부당한 방법으로 돈을 모았다.  /  부는 정당한 활동을 통한 대가다.

• 돈벌이는 경제 상황의 영향을 받는다.  /  돈벌이는 경제 상황의 영향을 받지 않는다.

2. 돈과 관련해서 자기의 현재 상황이 만들어진 데에 자신의 어떤 믿음이 작용했을지 찾아보라.

3. 우리는 개인적으로 경제적인 어려움을 겪을 때도 있지만, 외환위기와 같이 경제위기 상황을 모두가 함께 겪을 수도 있다. 이와 같이 우리 모두가 겪는 현실은 내가 개인적으로 겪는 경험이 그렇듯 우리 모두가 함께 가진 믿음이 원인이 되었을 것이다. 우리가 함께 겪는 경제적 어려움에 대해 우리들 대부분이 그렇다고 믿고 있는, 우리 모두가 가지고 있는 원인이 된 믿음을 생각해 보라.

# 뿌리 생각 찾기

우리의 의식이 마음을 통해 만들어내는 생각은 창조의 씨앗이다. 모든 생각의 어머니격인 생각은 '나'라는 생각이다. 먼저 '내가 있다'라는 생각이 생겨남으로써 그것이 몸통이 되어 다른 생각의 가지가 뻗어나가게 된다. 이는 참나가 자신을 몸과 마음을 가진 개체로서 실감나게 체험해 보기 위해 그렇게 연출한 것이라고 믿을 수도 있을 것이다.

참나가 아닌, 한계를 가진 개체의 입장에서는 이미 '자기가 있는' 체험을 통해 '내가 있다'는 믿음을 가질 수밖에 없을 것이다. 이때 이미 체험이 믿음을 낳는다는 신념이 잉태됨으로써 내 몸을 나로 믿을 수밖에 없지 않았을까? 당신은 어떻게 믿고 있는가?

이 연습은 내가 배척하고 거부할 수밖에 없거나 거기서 벗어나기 어려운 현실 상황의 근본 원인이 된 뿌리 생각(믿음)을 찾아보기 위한 것이다.

　살면서 겪고 있는 고통스런 일이나 문제들을 살펴보라. 당신은 필사적으로 그 고통에서 벗어나려고 애썼을 것이다. 당신이 겪고 있는 어떠한 현실도 당신이 알게 모르게 지니게 된 당신의 생각과 믿음의 결과라고 볼 때, 그 원인이 된 생각과 믿음은 당신이 오래 전에 겪은 어떤 충격적인 일에 대한 거부감으로 인해 자신도 모르게 뿌리내린 것일 수도 있다. 그 뿌리 생각을 찾아보라. 그리고 그 뿌리 생각의 배경이 된 충격적 일들을 가슴속에 감싸안고 감사와 사랑으로 그것을 녹이도록 하라.

## 2. 물체는 틀에 갇힌 에너지 파동

지금부터는 믿음, 즉 의식이 현실의 근원이라는, 우리가 의도적으로 가진 새로운 관점에 대한 사실 증거와 사례들을 찾아보려고 한다.

우리는 우리와 관계를 맺고 있는 사람이나 생물들과 어울리면서 그들만의 고유한 기운을 느끼며 산다. 무생물이라고 하더라도 그것으로부터 어떤 느낌을 감지한다는 것은 눈에 보이지 않는 에너지가 흐르고 있음을 말해주는 것이다. 서로 주고 받는, 에너지의 떨림(振動)을 파동(波動)이라고 한다. 파동이론은 물체로부터 나오는 적외선 외에도 각종 전자기파, 그리고 햇빛도 파동임을 알려주고 있다. 딱딱한 물질을 놓고 그것을 에너지의 집합체로 이해하기란 쉽지 않지만 이미 널리 알려진 사실이다.

모든 물체들이 딱딱한 고체로 빈틈 없이 꽉 찬 물질로 보이는 것은 우리 몸의 눈이 감지하는 지각범위 안에서만 그렇다. 파동이론은 모든 물체가 어떤 틀 속에 갇혀 있는 에너지의 덩어리와 같은 파동으로 이루어져 있기 때문에 모든 물체들이 무수한 빈틈을 가지고 있다고 말한다.

보이지 않는 원자 세계의 수소 원자를 예로 들어보자. 수소 원자의 원자핵을 주먹만한 크기로 늘려 보면 그 주위를 돌고 있는 전자와 무려 10킬로미터나 떨어져 있게 된다. 또한 전자의 질량은 핵의 1천분의 1도 되지 않는다. 이와 같이 원자핵과 전자 사이는 그야말로 텅 빈 공간인데, 세포로 이루어진 우리의 몸도 이와 마찬가지로 90% 이상이 텅 빈 공간임을 미루어 짐작할 수 있다.

물체가 꽉 차 있는 것처럼 보이는 이유는 우리의 눈이 감지하는 빛의 파장, 즉 그 진동폭이 가늘지 못해 핵과 전자 사이로 들어갈 수 없기 때문이다. 즉, 이것을 핵과 전자로 짜여진 엉성한 그물에 비유하면, 그물눈의 크기보다 훨씬 큰 손으로 그물을 더듬는 격이 된다. 그러므로 막혀 있다고 느낄 수밖에 없다.

이와 같이 모든 물체는 그 진동폭의 상대적 크기에 따라 딱딱하게 굳어져 있는 것으로 보이는 것이다.

만약 우리의 눈이 엑스(X)선이라면 사람을 보아도 엑스레이(X-ray) 사진처럼 뼈만 어렴풋이 보이고, 걸어다니는 사람들도 마치 해골들이 움직이는 것처럼 보일 것이다. 또 이보다 더 파장이 짧은 감마선이라면 아예 아무것도 볼 수 없을 것이라는 것이 파동이론의 비유적 설명이다.

파동은 주파수(진동 전류나 전파, 음파 등이 1초 동안 방향을 바꾸는 도수), 세기, 그리고 그 전파를 타고 전달되는 정보(방송전파의 경우 뉴스나 음악 등)인 파형(波形) 등 세 가지 요소를 가지고 있다.

전통 과학은 지금까지 파동의 주파수와 세기에만 주로 관심을 가졌으며 파형과 관련된 정보의 내용에는 별로 주의를 기울이지 않았다. 그런데 최근의 신과학 기술은 이에 대한 실험 결과를 발표하였다.

음악이 농작물의 생장 속도나 수확량에 영향을 미칠 수 있다는, 미국에서 발표된 실험연구 결과가 대표적인 경우다. 우리나라 농촌진흥원에서도 이를 실험하여 그 효과를 확인한 바 있다.

옛날부터 우리 농촌에서는 특히 농작물 파종기에 신나는 농악놀이마당을 펼쳤다. 우리 선조들의 직관적인 지혜를 엿볼 수 있는 대목이다. 이 사례를 통해 모든 생명체는 파동에 실린 정보를 알아차릴 수 있는 능력이 있음을 알 수 있다. 나아가 에너지 파동에 실린 정보가 사람의 몸에도 큰 영향을 미칠 것이라고 예측할 수 있다. 이 파동에 관련된 아주 흥미로운 사례가 있다.

물 연구가인 일본의 에모토 마사루〔江本勝〕는 1998년 9월, 미내사 클럽이 주최한 제2회 국제 신과학 심포지엄에서 물에도 의식이 있음을 증명하는 물의 결정(結晶) 사진을 슬라이드로 보여줘 신선한 충격을 주었다. 그는 물의 결정 사진이 담긴 『물은 답을 알고 있다』(나무심는 사람)라는 책자를 출간, 전세계적인 관심을 불러일으켰다. 그는 눈〔雪〕송이 하나마다 결정 모습이 다르다는 사실에 착안해 수돗물을 비롯, 일본 각 지역의 자연수를 채취해 이를 냉동시켜 고배율 현미경으로 결정 모습을 관찰했다. 그 결과 수돗물은 아예 결정 모양이 생기지 않았으며 자연수는 지역별로 각각 특성 있는 아름다운 결정을 보여주었다.

뿐만 아니라 마사루는 물에게 말이나 글, 음악을 들려주면서 그 결정 모습을 촬영해 보았다. 그 결과 긍정적인 감정이 섞인 말이나 글을 보여주었을 때 물은 깨끗하고 정돈된, 각기 특색 있는 아름다운 결정을 보인 반면, 부정적인 감정을 띤 말이나 글에 대해서는 아예 결정이 나타나지 않거나, 그런 감정상태와 비슷한 분위기의 결정을 보여주었다. 어떤 글을 보여주든, 어떤 말을 들려주든, 어떤 음악을 들려주든 물은 그 글이나 말, 그리고 음악에 담긴 인간의 정서에 상응하는 형태를 취했다고 한다. 그는 감사와 사랑의 말을 들려준 경우가 가장 아름다운 결정을 보여준다는 사실을 확인함으로써 감사와 사랑의 마음가짐이야말로 인간이 안고 있는 모든 문제를 해결할 수 있는 치유 에너지임을 역설하고 있다.

8년 동안 물 사진을 찍어온 그는 마침내 물은 모든 것을 알고 있다고 결론내리고, 물도 의식을 갖고 있음을 확신하게 되었다고 한다.

이렇게 다양한 물의 결정들을 보면서 우리는 정화수를 떠놓고 "비나이다 비나이다. 천지신명께 비나이다" 하며 축원한 선조들의 애틋한 마음에 고개를 끄덕이게 된다.

또한 이 사진들은 '말이 씨가 된다'는 격언을 되새기게 하며, 감정이 실린 생각이 현실을 만들어낼 뿐만 아니라, 의식이 만물의 근원임

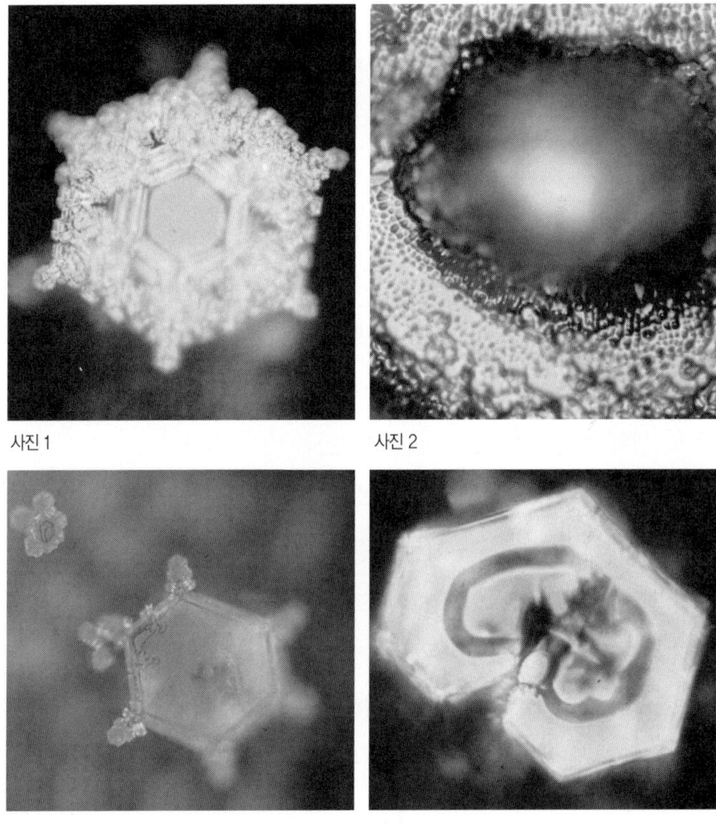

사진 1

사진 2

사진 3

사진 4

'사랑과 감사'라는 글을 보여주었을 때 물은 아름다운 육각형 결정을 나타냈다(사진 1). '악마'라는 글을 보여주었을 때는 중앙의 시커먼 부분이 주변을 공격하는 듯한 형상을 보였다(사진 2). 쇼팽의 '빗방울'을 들려주자 정말 빗방울처럼 생긴 결정이 나타났고(사진 3), 민요 '아리랑'을 들려주자 가슴을 저미는 형상이 되었다(사진 4).

을 상징적으로 보여주고 있다.

그리고 감사와 사랑이야말로 삶을 행복하게 만드는 열쇠임을 우리에게 알려주고 있다.

앞서 우리는 다차원적인 존재로서의 '나'에 대해 살펴보았다. 그러나 아직은 내 삶의 창조자인 참나가 바로 '순수하고 무한한 의식'이라는 사실이 믿어지지 않을지도 모른다.

바야흐로 정보기술 사회의 일원으로 살아가는 우리는 인터넷을 통해 지구촌에 산재한 각종 정보를 주고 받고 있다. 이제는 없어서는 안 될 생활 필수품이 되어 버린 휴대폰을 마치 장난감처럼 사용하면서도 우리는 아무 이음줄도 없이 소통될 수 있는 메커니즘과 그것을 가능하게 하는 자연의 '보이지 않는 손'에 대해서는 관심이 없다. 만물의 영장이라고 하는 인간이 마음으로 직접 통할 수는 없는걸까? 새 시대의 과학은 이러한 의문이 결코 '부질 없는 잠꼬대'가 아니라는 증거를 여러 방면에서 보여주고 있다.

이제 만물에 생명력을 불어넣고 모든 것을 하나로 이어주는 만능 연출자인 참나의 마술쇼와 같은 연출 솜씨를 엿볼 수 있는 홀로그램에 대해 살펴보자.

# 3. 현실은 마음이 빚은 다차원 홀로그램

순수의식인 참나가 얼나 · 맘나 · 몸나로 변신하면서 깜짝쇼와 같은 창조놀이를 벌이고 있음을 짐작하게 해주는 아주 절묘한 광학적 상징물이 바로 홀로그램이다.

전체 정보 또는 메시지가 담긴 '온 그림'이라는 뜻의 홀로그램은 1960년대 초반, 간섭하는 성질이 뛰어난 정교한 에너지 파동인 레이저 광원이 발명됨으로써 우리에게 첫선을 보였다. 홀로그램의 입체 영상은 〈스타워즈〉라는 영화에서도 보았듯이, 공상과학이나 가상현실을 주제로 한 영화에 자주 등장하고 있다. 미국과 유럽 등지에는 다채로운 홀로그램 영상물이 전시된 홀로그램 박물관도 있다.

홀로그램은 피사체의 겉모습이 그대로 물질적인 입자상으로 맺히는 일반 사진 필름과는 달리 피사체의 파동 정보가 간섭무늬로서 사진건판에 기록됨으로써 만들어진다. 이 필름은 육안으로 볼 때는 마치 물결무늬와 같은 동그란 파문들만 새겨져 있을 뿐인데도 여기에다 레이저 광선을 비추면 마치 마술쇼를 하듯 실물 같은 피사체의 입체 영상이 허공 속에 나타난다. 마치 마술사의 손에 들려 있던 보자기 속의 알이 보자기를 펼치는 순간 갑자기 한 마리 새가 되어 날아가듯이.

마술은 여기서 그치지 않는다. 이 홀로그램 필름은 마치 불가사리의 한 부분을 자르면 잘린 부분이 다시 자랄 뿐만 아니라, 잘려 떨어져 나간 부분도 다시 자라나서 또 한 마리의 새로운 불가사리가 되듯이, 아무리 조각을 내어도 피사체의 전체상이 복원되어 나타난다. 또한 홀로그램 사진술에서는 촬영을 할 때 필름에 입사하는 기준파의 각도를 조금씩 변화시키면서 피사체의 움직임을 한 장의 같은 필름 위에다 중첩시켜 모두 담을 수도 있는데, 이를 다중화상(多重畵像) 홀로그램이라고 한다.

홀로그램은 과학이 보여주는 마술이다.

홀로그램 사진술을 통해서 우리는 아주 흥미로운 사실을 발견하게 된다. 입자상(粒子相)인 홀로그램 영상은 물질세계에서는 허깨비와 같은 환상에 불과하지만, 오히려 파동상(波動相)이 기록된 사진건판은 손으로 만질 수도 있어 그것이 더욱 본질적인 실체로 보인다는 점이다. 신기한 것은 홀로그램의 입체 영상이 아니라, 오히려 그 영상 정보가 담겨 있는 필름이다. 이를 우리 현실에 비추어 보면, 파동상인 필름은 우리 마음에 새겨진 어떤 생각(믿음)과 같다. 우리는 지금까지 눈에 보이지 않는 생명에너지와 정보가 담겨 있는 홀로그램 필름이 존재의 실상임에도 불구하고, 허상인 입체영상을 실재하는 것으로 믿어왔다. 다시 말해 의식에서 이 우주와 물질세계가 나오는 것이 아니라, 이 우주에서 의식이 나온다는 환상 속에서 살아온 것이다.

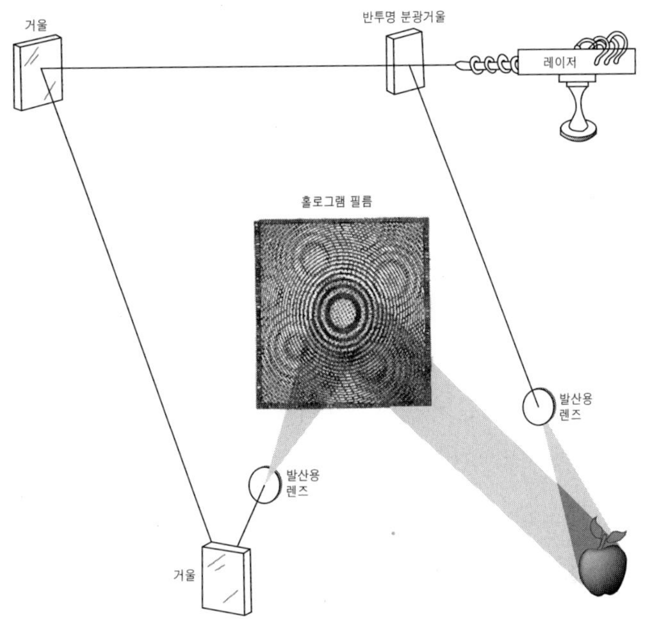


홀로그램은 하나의 레이저 광선을 두 갈래로 나누어, 첫번째 광선은 피사체에 반사시킨다. 그리고 두번째 광선을 피사체에서 반사된 광선과 부딪치게 한다. 이렇게 되면 서로 간섭무늬를 만들어내고 그 간섭무늬는 필름 위에 기록된다.

양자물리학은 오래 전에 모든 물질 입자는 에너지 파동이라는 사실을 밝혀냈다. 이러한 사실을 놓고 볼 때 우리가 경험하는 감각적 현실은 파동상인 우리의 마음이 지어낸 홀로그램 영상과 같다고 할 수 있다.

홀로그램의 이러한 성질과 그것이 만들어지는 메커니즘을 통찰한 일단의 과학자들은, 이 물질우주가 유동하는 거대한 홀로그램이라는 이른바 홀로그램 우주론을 가설로 제시하여 주목을 끌고 있다. 새 시대의 과학을 주도하는 이들은 오랜 세월 동안 다양한 출처와 채널을 통해 전해 온 '만물의 근원은 의식'이라는 메시지를 새로운 과학적 언어로 다시 전해주고 있다. 대표적인 과학자는 바로 양자장(量子場) 이론을 제시한 아인슈타인이 총애했던, 런던 대학의 양자물리학자 데이비드 봄(David Bohm)이다.

의식이 좀더 미묘한 형태의 물질이라고 믿은 그는 한 장의 홀로그램 필름이 마치 접혀 있는 합죽선과 같이 접혀지고 감추어진 질서라면, 입체상은 펼쳐지고 드러난 질서라고 하고, 이 우주의 모든 현상들의 나타남을 이 두 질서 간의 무수한 접힘과 펼쳐짐의 결과로 보았다.

그는 홀로그램 필름의 모든 부분들에도 전체의 모든 정보가 담겨 있듯 우주의 삼라만상은 단일 연속체의 부분들임을 확신했다. 그의 통찰은 이 물질우주가 참나인 순수의식의 바다에서 피어난 물방울과 같다는 우리의 가정을 뒷받침해 주고 있다.

순수의식인 참나가 얼나, 맘나, 몸나로 변신하면서 우리가 현실이라고 믿는 삶의 경험을 지어내는 것은 홀로그램 영상을 만드는 원재료와 매질(媒質)인 레이저 광선의 역할을 우리의 의식이 수행하고 있음을 보여주는 홀로그램 우주론에 근거하고 있다.

홀로그램 우주론은 인간 존재와 관련해서 어느 이론보다도 설득력 있게 설명해 준다. 이에 대한 몇 가지 사례를 살펴보기로 하자. 이 사례들은 마이클 탤보트의 책, 『홀로그램 우주』(정신세계사)에서 발췌한 것이다.

### 기억은 뇌 전체에 퍼져 있다

신경 생리학자인 칼 프리브램(Karl Pribram)에 의해 홀로그램 두뇌설이 정설(定說)이 되기 전에는 기억이 두뇌의 특정한 장소에 저장된다고 여겨졌다. 그러나 미국의 신경 심리학자인 칼 스펜서 래슬리(Karl Spencer Lashley)는 쥐를 대상으로 33년 동안 실험하면서 기억이 뇌의 특정 부분에 기록되어 있으리라는 기대로 뇌의 여러 부위를 제거했지만, 쥐는 기억력을 상실하지 않은 상태로 끈질기게 모든 임무를 수행한다는 사실을 알아냈다. 이 연구 결과를 토대로 기억은 뇌의 특정 부위에 기록되는 게 아니라 뇌 전체에 퍼져 있거나, 분산되어 있다는 결론에 이르렀다.

병 때문에 뇌의 일부를 제거한 환자의 경우도 마찬가지로 기억에 공백이 생기지 않은 걸로 미루어 보아 뇌의 각 부분은 모두 기억의 전체 내용을 가지고 있음이 확인되었다.

인간의 기억과 관련해서 홀로그램 이론의 신빙성을 더해주는 점은 인간의 두뇌가 그 크기에 비해 엄청나게 많은 양의 정보를 저장한다는 사실이다. 물리학자이며 수학자인 존 폰 노이만(John von Neumann)의 계산에 따르면 인간의 두뇌는 평균수명 동안 자그마치 2.8×1020비트(bit)의 정보를 기억한다.

이 엄청난 기억용량은 다중영상 홀로그램이 만들어지는 원리로 설명할 수 있다. 두 개의 레이저 광선이 필름에 부딪히는 각도를 변화시키면 같은 필름에 서로 다른 많은 이미지를 동시에 기록할 수 있다. 이렇게 기록된 이미지는 원래 기록했던 레이저 광선의 각도와 동일한 각도로 광선을 비추기만 하면 재생이 된다.

두뇌를 구성하는 신경세포인 뉴런은 작은 나무 같은 가지들을 가지고 있으며, 서로 촘촘히 이웃하고 있다. 뉴런의 전기신호가 이 작은 가지들의 끝에 도달하면 파문이 되어 퍼져나간다. 레이저 광선이 여러 각도로 서로 교차하면서 같은 장소에 수많은 정보를 동시에 저장하듯, 빽빽하게 들어선 뉴런들 사이에서 전기적 파문이 끊임없이 교차되면서 끝없는 간섭무늬 등이 만들어지고 있는 것이다. 바로 이렇게 해서 홀로그램 방식에 따라 엄청난 양의 기록 작업이 이루어지고 있다는 설명이다.

## 두뇌는 없는 것을 실재하는 것처럼 믿게 한다

인간이 어떤 물체를 시각을 통해 인식하는 과정을 보면 우선 대상물에 반사된 빛이 안구를 통과하여 망막에 상으로 맺힌다.

이 영상 정보는 신경세포에 의해 두뇌에 전달된다. 두뇌는 전해 받은 정보를 해석하여 그 대상물이 그곳에 그러한 형태로 있음을 알게 된다. 이와 같이 두뇌는 신체 외부에 있는 대상물 자체가 아닌 망막상의 영상 정보를 인지하게 되는데, 이는 실제로 대상물이 존재하지 않더라도 그에 대한 정보를 두뇌에 전달해 주기만 하면 우리는 그것이 존재하는 것으로 인식하게 된다는 것을 뜻한다.

또한 우리가 받아들이는 시각 정보는 일단 두뇌의 측두엽에 의해 편집이 이루어진 다음 시각피질로 전달된다는 연구 결과에 비추어 볼 때, 변형된 정보에 따라 실제와는 다른 인식을 하게 될 가능성도 있다. 이는 인간의 눈이 맹점(망막 한가운데 시신경과 안구가 연결되는 부위로서 빛의 수용체가 없다)을 가지고 있기 때문에라도 어쩔 수 없는 일이다.

다음 그림은 우리가 그곳에 있는 그대로를 느끼는 것이 아니라 그곳에 있어야 할 것으로 생각되는 것을 보고 있음을 알려주는 사례이다.

상이 맺히는 그대로를 인식한다면 맹점 부분에서는 아무것도 보이지 않아야 하지만 우리에게는 무언가 있어야 할 것이 보이고 있다. 이는 우리의 두뇌가 지속적으로 편집 작업도 하면서 세상이 어떻게 보여야 한다는 기대를 반영하여 실제 모습인 듯 만들어내고 있기 때문이다.

이러한 두뇌의 편집작업은 너무 정교해서 전혀 눈치채지 못

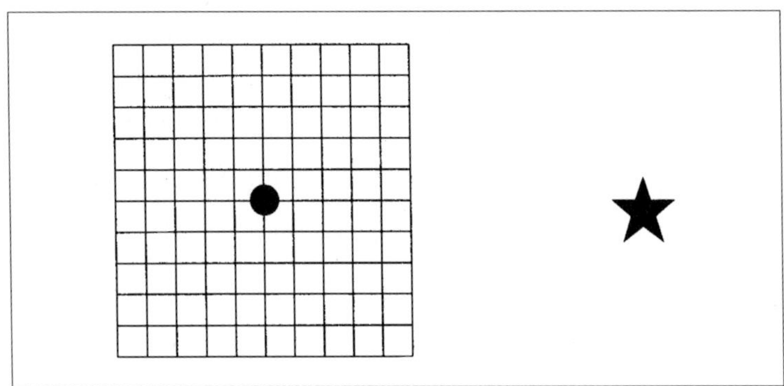

그림을 눈높이로 든 후 오른쪽 눈을 감고 왼쪽 눈으로 별을 주시한다. 시선을 고정시킨 상태에서 격자무늬 가운데의 점이 사라질 때까지 그림을 앞뒤로 움직여 본다. 일정한 거리에 도달하면 격자무늬 속의 점이 사라지면서 온전한 격자무늬가 보인다.

하고 산다. 실제로는 존재하지 않는데도 불구하고 있는 것처럼 믿게 만드는 것이야말로 홀로그램의 중요한 속성이다. 그것은 홀로그램 영상이 허상이며 거기에는 아무것도 없기 때문이다.

두뇌는 홀로그램 방식으로 외부 세계를 구축하고 우리는 그것이 실제라고 생각하며 살고 있다. 게오르그 폰 베케시(Georg von Bekesy)는 이를 입증해 주는 실험을 했다.

베케시는 피험자의 눈을 가리고 나서 양쪽 무릎에 진동기를 갖다댔다. 그리고는 진동기의 진동수를 변화시키면서 하나의 점진동원을 양쪽 무릎으로 왔다갔다하는 것처럼, 또 두 무릎 사이의 허공에 위치하는 것처럼 느끼게 했다. 이렇게 감각 수용체가 없는 곳에서 감각을 느끼게 되는 가장 극적인 예가 수술을 통해 수족이 절단된 환자가 수술 후에도 원래대로  있는 것처럼 느끼는, 이른바 환상지 현상이다.

환상지를 경험하는 환자들은 실제와 똑같은 통증, 가려움, 저림 등의 증세를 느낀다. 나아가 통증을 호소하는 환자에게 보호자가 다리를 주물러 주는 시늉을 하면 통증이 가라앉는 것까지 느낀다. 이는 수족을 절단하기 이전에 가지고 있던 홀로그램 기억을 두뇌가 그대로 활용하여 그러한 경험을 지어내는 것으로 보인다. 이렇게 인간은 자기가 믿는 대로 경험을 하게 되는 것이다.


### 의식과 존재는 하나다

우주와 개체의 관계도 본래 하나인데 개체가 개별화됨으로써 독립성을 가지고 존재하는 것으로 보이지만 실제로는 연속된 하나라는 점에서 바다와 파도의 관계와 다를 바 없다.

의식과 존재의 불가분성은 마음과 몸의 긴밀한 상관관계를 통해 잘 나타난다. 이를 입증해 주는 실험 결과는 수없이 많다. 그 가운데 하나가 플러시보 효과(placebo effect)이다. 환자에게 가짜 약을 주면서 진짜 약이라고 속이는 것인데, 진짜 약과 같은 치료 효과를 보인다. 이때 약을 주는 의사가 가짜 약이라고 생각하면 부정적인 효과를 나타낼까 봐 그것을 막기 위해 의사마저 가짜인지 모르게 하는, 이른바 이중 맹검사를 한다.

반면에 이와 반대되는 현상도 나타난다. 진짜 약을 투여했음에도 불구하고 약의 효과가 나타나지 않기도 한다. 다음의 실험을 보자.

20명의 피험자를 10명씩 두 그룹으로 나누어 별도의 방에 배치했다. 첫번째 방에 있는 사람들에게는 각성제라고 하면서 9명에게는 진짜 각성제(암페타민)를 주고, 나머지 1명에게는 수면제(바르비투르산염)을 주었다. 두번째 방에 있는 사람에게는 반대로 9명에게 수면제를 주고, 1명에게만 각성제를 주었다. 그 결과 첫번째 방에서 수면제를 먹었던 사람은 나머지 9명과 마찬가지로 활기찬 모습을 보였으며, 두번째 방에서 각성제를 복용한 사람은 다른 사람들과 마찬가지로 잠이 들었다.

이렇게 우리의 몸은 현실에 따라 반응하는 게 아니라 우리가 현실이라고 믿는 것에 따라 반응을 하게 된다.

이 밖에도 신념이 삶의 태도가 되어 자기가 체험하는 현실에 절대적인 영향을 미치게 되는 흥미로운 연구 결과들이 많다. 예를 들면, 적대적이고 공격적인 성향의 사람은 그렇지 않은 사람보다 심장병으로 사망할 위험이 7배가 높고, 결혼한 여성은 별거중이거나 이혼한 여성보다 면역력이 강하며, 행복한 결혼 생활을 하고 있는 여성의 면역력은 더 강하다는 것이다. 그리고 비관론자는 낙천적인 사람보다 나이를 먹으면 늙게 된다고 한다.

또한 대다수 범죄 행위의 근본 원인이라고 할 수 있는 폭력성의 경우도 신념의 산물로, 특히 남성의 경우 오랜 세월을 거치면서 자신의 유전적 이득을 위해 수단 방법을 가리지 않고 지위 경쟁에서 승리해야 하며, 여성과의 동반관계에서 여성을 고분고분하게 만들어야 한다는 신념을 가지게 되고, 이와 같은 신념이 500만년 간 지속된 남성 폭력성의 근원이라는 지적도 있다. (이에 대한 자세한 설명은 김성천, 「폭력범죄」, 『중앙법학』 창간호, 1999를 참조하라.)

홀로그램을 통해 우리는 정신(마음)과 물질(몸)이 둘이 아니며 우리 의식의 두 얼굴, 즉 파동상과 입자상임을 알았다. '한 알의 모래 속에 우주가 들어 있다'는 금언의 의미를 되새기게 하는 홀로그램은 우리 모두는 하나이며, 이 세계는 내 마음의 반영이라는 새로운 메시지를 던져주고 있다.

한 사람의 생각이 온 우주에 영향을 미친다는 말은 결코 뜬구름 잡는 소리가 아니다. 우리의 의식세계는 보이지 않는 에너지의 그물망으로 연결된, 시간과 공간이 없는 파동의 세계이기 때문에 어떤 사람의 의식에 변화가 일어날 때 그것은 곧 하나의 파장이 되어 다른 사람의 의식에 변화가 일어날 수 있다.

홀로그램이 우리에게 전해주는 또 한 가지 중요한 메시지는 지금 지구촌에서 일어나고 있는 전쟁이나 굶주림, 그리고 환경공해 문제와 같은 크고 작은 사고와 사건들은 직간접적인 관련 정도의 차이가 있을 뿐 우리 모두 연루되어 있으며, 우리 모두에게 책임이 있다.

# 참나의
# 창조놀이 역할극 각본만들기

우리의 삶은 참나가 펼치는 창조놀이라고 할 수 있다. 삶의 대하드라마는 드라마의 연출을 기획하고 감독하는 연출자인 참나가 대리 연출자(얼나)가 되고, 또 연기자인 배우(맘나·몸나)가 될 뿐만 아니라, 자신이 무대와 극장이 되고 소품과 관객이 되는 일인극과 같다.

참나의 대하드라마는 이에 그치지 않고, 마치 꿈 속에서 꿈을 꾸는 꿈을 꾸듯, 연극 속에 수많은 연극이 들어 있는, 다차원적인 성격을 가지고 있다. 이와 같은 연출 방식을 염두에 두고 참나의 창조놀이 역할극의 각본을 만들어 보라. 풍자극 형태도 좋을 것이다.

연출의 방향은 참나→얼나→맘나→몸나, 또는 몸나→맘나→얼나→참나의 두 가지 방향으로, 또는 양 방향이 혼합된 어떤 형태의 것이라도 무방하다.

예를 들어, 대선 후보에 출마하여 대통령에 당선되기까지를 그리는 풍자극이라면 참나의 배역을 정해 그로 하여금 '나는 대통령이다'라는 의도를 선언하고 자신의 역할을 얼나에게 이양하고 자취를 감춘 다음, 얼나는 맘나, 몸나의 역할을 있는 그대로 느껴보면서 맘나가 일으키는 생각에 상응하는 감정을 몸나가 느낄 수 있도록 신호를 보내준다.

예를 들어 각 후보인 맘나가 다른 맘나(후보)를 비난하는 등 부정적인 생각을 일으켰을 때 경고 신호(예 : 옐로카드)를 보내는 등의 역할을 연기한다. 그리고 각 후보인 맘나는 자기의 정견(政見)을 발표하는 연설을 한다. 또한 몸나는 맘나와 짝을 이루어 맘나가 부정적인 생각을 일으킬 때마다 그것을 표정이나 행동으로 나타내거나 맘나의 생각에 따르지 않고 딴전을 피우는 등의 본능적인 행동을 한다.

이와 같이 이 역할극의 각본을 손수 써보거나 실제 역할극의 배역을 해보면 참행복의 설계자인 자기 자신이 누구인지를 깨닫게 될 것이다.

# 4. 홀로그램 원리에 바탕을 둔 침술

　인류의 문명은 동서로 나뉘어 각각 자신들이 공유하고 있는 믿음 체계를 토대로 세워졌다. 동서양의 사고방식이 가장 두드러지게 차이 나는 분야는 의술이다. 서양의학은 인간의 몸을 기계와 다름없이 보기 때문에 진찰에서부터 치료의 전 과정이 오로지 기계에 의존하여 기계적으로 진행된다. 검사장비를 가지고 진찰을 하고, 수술·투약이 유일한 치료 수단으로 동원된다. 그것이 과학적인 접근 방법이기 때문이다. 이원론적 신념이 바탕이 된 서양의학은 전체보다는 부분을 중시한다. 때문에 분석과 논리에 매달린다.

　이와 달리 동양의학, 특히 우리와 친숙한 한의학은 진찰 단계부터 접근 방식이 완전히 다르다. 요즘은 서양의학에서 사용하는 것과 유사한 의료장비도 많이 활용하고 있지만, 먼저 진맥을 하고 침을 놓거나 한약을 처방한다. 특히 동양의학의 침술은 홀로그램과 프랙탈(fractal) 이론과도 그 맥이 이어져 있다.

　'프랙탈'은 '부서진다'는 뜻의 라틴어에서 따온 것으로, 미국의 만델브로트(B. Mandelbrot)가 처음 사용한 용어이다. 나무, 해안선, 산, 꽃, 눈송이 등 자연계의 존재들로부터 프랙탈 구조를 엿볼 수 있다. 특히 눈송이의 형상은 프랙탈의 좋은 예를 보여준다.

　홀로그램 필름을 아무리 잘게 조각내더라도 빛을 비추면 전체상이 복원되어 나타나는 것처럼, 나뭇잎 하나에 나무 전체의 모습이 담겨 있음을 수학적으로 증명한 프랙탈 이론은 침술의 원리를 대변해 주고 있다.

　침술에는 손가락 마디 하나에도 몸 전체가 들어 있는, 다시 말해 개일전 전일개(個一全 全一個)의 프랙탈적인 홀로그램 원리가 깔려 있다.

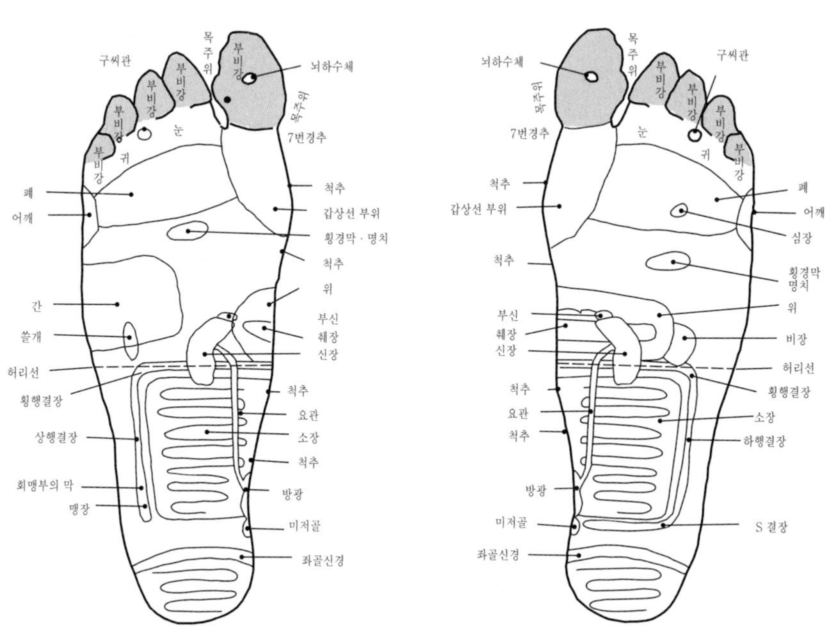



신체는 홀로그램이며 신체의 각 부위는 전체의 이미지를 담고 있다. 오른발(왼쪽)과 왼발(오른쪽). 신체 각 부위와 발의 반사 관계.

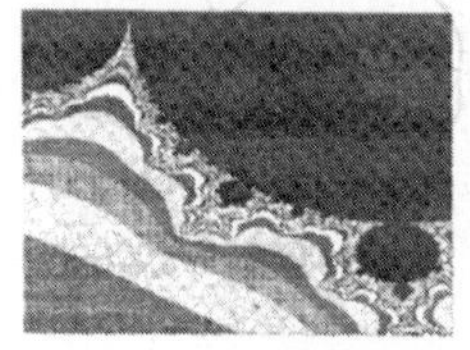  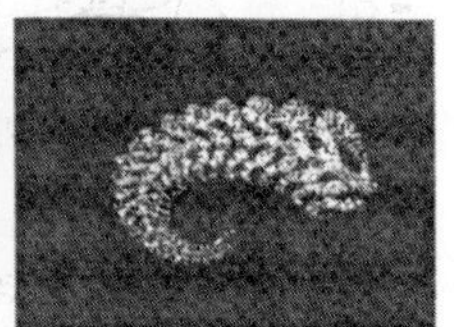

프랙탈로 구성한 해안선, 고사리 모양, 소래(해마) 모양의 형태

 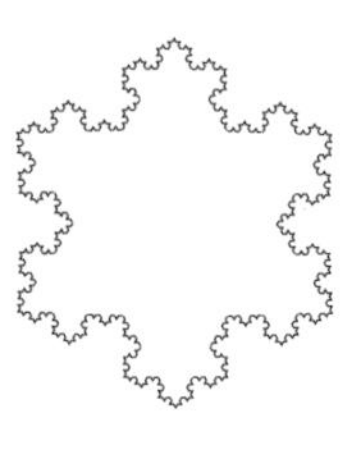

**프랙탈에 의해 눈송이를 그려나간 모양**
그림과 같이 작은 삼각형의 양변에 더 작은 삼각형을 그리는 과정을 반복하면 눈송이 모양이 그려진다.
이와 같이 한 요인이 반복되어 전체를 구성하므로 부분에 대한 정보를 알면 전체를 알 수 있게 된다.

이제 신과학의 조류에 따라 동·서양 의학이 공조(共助)를 이루고, 심신상관(心身相關) 의학 등 이른바 대체의학으로 불리는 치료술이 선보이고 있다.

그 중에서도 생체공명치료술(Bio-resonance therapy)인 성문분석

법(聲紋分析法)은 사람 목소리의 주파수를 해석하는 일종의 파동치료법이다. 이 성문분석법도 침술과 같이 홀로그램 원리에 바탕을 두고 있다. 인체 전체가 하나의 에너지체와 같은 조직, 즉 파동으로 되어 있기 때문에 한 구석에서 일어난 일을 다른 모든 곳에서도 다 인식한다는 것이다. 목소리도 지문처럼 상세한 파동 형태(波形)를 가지고 있으며 동시에 신체의 구체적인 정보가 담겨 있기 때문에 목소리의 주파수를 해석, 주파수의 균형을 바로 잡고자 하는 것이 이 치료법이다.

미국의 간호사 출신인 로렌 가필드(Lauren Garfield)가 개발한 성문분석 치료는 1998년 우리나라에도 처음 소개되었는데, 필자의 연구소에서 기술 전수를 위한 워크숍이 열렸다. 이 워크숍에는 양·한의사 및 약사 등 의약계에 종사하는 사람들이 참가했다. 그런데 참가자들 모두가 성문분석법에 의한 진단 결과 공통적으로 농약 성분이 파동으로 검출됐는데, 이는 우리의 식생활 환경 때문일 것으로 추정되었다.

이 치료법은 음성만을 채취하여 그 주파수를 분석하는 것만으로 우리 몸의 이상 징후를 아주 정교하게 포착할 수 있다. 필자의 경우 청년기에 흰 머리카락이 많아 염색을 해왔는데 분석 결과 그 '독성'도 정확히 나타나 놀라지 않을 수 없었다.

이 밖에도 홀로그램 원리를 바탕으로 한 치료법은 셀 수 없이 많다. 그리고 물질주의적 사고방식을 가진 사람들이 미신으로 치부해 버리는 영매술, 투시력, 점성술, 사주, 주역, 관상, 카드점 등도 홀로 그램의 원리를 알면 그 짜임새의 비밀을 풀 수 있다.

# 5. 의식과학이 그리는 참행복의 청사진

지금까지 우리는 우리가 바라는 진정한 행복을 짓는 원리를 발견하고, 그 원리에 따라 행복을 짓는 방법을 연습을 통해 터득했다.

당신은 이와 같은 새로운 설계도가 우리 모두가 함께 누릴 참행복의 청사진임을 확신할 수 있을 것이다. 참행복의 청사진은 새 시대의 과학에 근거를 두고 있다. 구시대의 과학은 모든 것을 대립되는 두 개의 개념으로 나누는 분리주의적인 세계관에 기초하였기 때문에 우리는 물질적인 풍요 속에서도 인간성의 상실로 인한 고통과 갈등이 심화되어 행복을 누릴 수 없었던 것이다.

구시대 과학은 인류가 직면하고 있는 삶의 문제들을 해결하는 데 한계를 드러내고 있다. 우리는 구시대 과학의 오류가 실재의 입자상만을 실재로 오인해 왔음을 홀로그램을 통해 확인하였다. 홀로그램은 실재의 입자상 외에 실재의 또 다른 얼굴인 파동상이 마치 동전의 양면과도 같음을 일깨워 주었다. 그리하여 우리는 분리가 아닌 합일로 가는 새로운 세계관을 정립하고 물질과 정신을 통합하는 새로운 과학을 기대하고 소망하게 된 것이다.

1970년대 후반부터 이러한 조짐이 보이기 시작했는데 그것이 바로 일단의 열린 의식을 가진 과학자들이 주도한 신과학 운동이었다.

이제 우리는 이러한 운동을 계기로 삼아 물질과 정신의 통합에 그치지 않고 한 걸음 더 나아가 그 본질과 근원인 의식을 탐구하는 새 시대의 과학을 탄생시키고자 한다.

의식성장의 결실로서 우리 모두가 함께 탄생시킨 이 새로운 과학의 이름을 '의식과학(意識科學)'이라고 불러도 좋을 것이다.

우리는 물질과 정신을 분리하는 구시대적 발상인 이원론이나, 정신만을 강조하는 극단적인 일원론 모두가 미혹임을 알고 있다.

의식과학은 자연과 문명의 조화로운 공존과 모든 존재와 생명이 한 울타리 안에서 함께 참행복을 누릴 수 있는 새로운 세계관에 기초한 과학이다. 의식과학은 모든 사람의 의식을 새로운 차원으로 안내하고 영성을 밝히는 새 시대의 과학이다.

우리 모두 행복을 누리기 위해 의식적으로 지어낼 신념은 '우리 모두는 하나다' 이것뿐이다. 우리는 이와 같은 믿음을 우리 의식의 바탕으로 삼고 그 믿음과 하나되는 느낌 속에서 자기가 원하는 것을 의도할 때, 물질적 풍요와 함께 정신적 풍요인 행복을 영원토록 누리게 될 것이다. 자기 자신이 바로 행복의 근원임을 자각하는 존재상태에서 무한한 행복과 사랑을 느끼면서 자기가 원하는 것을 의도할 때 물질적인 풍요와 함께 행복을 누릴 수 있다. 이것이 바로 의식과학이 그리는 참행복의 청사진이다.

# 의식과학 탄생의 역사

근대과학의 사상적 배경은 신과 인간, 육체와 정신, 나와 우주, 주관과 객관, 전체와 부분 등등 모든 것을 두 개의 대립되는 개념으로 나눈 철학자 데카르트의 물심이원론(物心二元論)적인 세계관에서 비롯되었다.

그는 물질적인 현상은 오로지 물질적인 것으로만 설명되어야 하며, 여기에 마음과 같은 정신적인 개념이 들어가서는 안 된다고 주장했다. 다시 말해 그는 마음을 인정하면서도 물질과 정신의 관계를 철저히 배격했다. 자연은 인간의 의지와는 아무런 상관 없이 자연의 법칙대로 운행되어 나간다는 그의 믿음은 의심할 나위 없는 상식으로 통했다.

이처럼 20세기에 들어와 양자물리학이 등장하기 전까지는 자연현상을 측정하는 사람인 관찰자의 생각, 즉 의도에 따라 측정의 결과가 영향을 받게 된다는 것은 상상조차 할 수 없는 일이었다.

이와 같은 믿음 체계 속에서 물질과학으로 분류되어 발전해 온 자연과학은 당연히 실험적 증거를 중시하였다. 어느 때 어디에서든 같은 방식으로 누가 실험을 해도 반드시 같은 결과가 나와야 한다는 것이다.

이러한 과학 지상주의를 배경으로 1687년에 뉴턴 역학(力學)이 체계화되면서, 뉴턴은 '근대과학의 아버지'라는 자리에 올랐다. 그는 만유인력의 원인 따위는 과학자의 관심 대상에서 배제해야 한다는 입장을 고수했다. 과학과 철학의 분리 선언이었다.

뉴턴이 지구 차원의 물리법칙을 밝혀냈다면 아인슈타인은 뉴턴의 이론을 포용하면서 드넓은 우주공간으로 차원을 넓혀나감으로써 과학사의 새로운 전기를 마련했다. 그의 상대성 이론은 뉴턴이 성역으로 제쳐둔 만유인력의 본질은 물론, 우주에 대한 많은 수수께끼를 풀어냈다.

아인슈타인은 전자력과 중력의 통일장 이론을 제창함으로써 하이젠베르크로 대표되는 양자역학에 많은 영향을 주었지만, 그의 이론 역시 그가 단서를 제공한 양자역학에 의해 수정이 불가피하게 되었다.

뉴턴에서 아인슈타인으로 이어지는 고전 역학은 시간 공간을 완전히 독립된 별개로 취급했다. 때문에 어떤 대상이든 그것이 어느 때 어느 곳에 있다고 확실히 구분지어 말할 수 있다고 보았다. 그러나 20세기 과학의 가장 위대한 발견으로 꼽히는 양자역학은 시간을 확실히 알면 그 시각에 대상이 있는 장소를 분명하게 말할 수 없게 되고, 반대로 위치를 확실히 하면 그 대상이 그 위치에 있었던 시각이 분명해지지 않는다는 사실을 밝혀내었다.

하이젠베르크의 '불확정성 원리'는 이와 같이 서로 모순적인 전자운동의 속도와 위치의 문제를 직관함으로써 인간의 인식 능력이 결코 절대적일 수 없음을 깨닫게 해주었다. 그의 불확정성 원리는 수학자 괴델이 제시한 불완전성 정리로도 뒷받침되었다. 괴델은 과학과 철학의 세계에서 주장하는 내용이 아무리 논리적으로 전개된 것이었다 할지라도 절대진리라고 할 수 없다고 지적했다. 그는 비록 모든 것을 설명할 수 있는 모든 것의 이론을 만들었다 해도, 그 모든 것의 이론이 참인지 아닌지는 모든 것의 이론으로 증명할 수 없다는 사실을 간파해 낸 것이다.

텅 빈 공간에서 입자가 생겨났다가 흔적도 없이 갑자기 사라지는 소립자의 세계에서는 운동 상황에 따라 시간이 결정되며, 시간의 흐름이 결국은 상대적인 것이라는 아인슈타인의 상대성 이론은 먹혀들지 않았다.

양자역학은 시공간을 전체적 접근으로 하나의 연속체로 파악하게 되었던 것이다.

구시대 과학은 물질을 그저 딱딱한 입자로만 생각했다. 그러나 양자역학은 물질을 구성하는 입자가 항상 물질적인 성질만 나타내는 것이 아니라, 실험자의 뜻에 따라 에너지인 파동의 성질을 나타낼 수도 있다는 사실을 발견한 것이다.

양자물리학의 발전은 모든 물체의 독립성과 개체성마저도 의심하게 되었다. 모든 입자들은 떨어져 있어도 서로 보이지 않는 끈으로 연결되어 있다는 이론까지 나오게 되었기 때문이다. 만물이 에너지체라는 양자물리학의 발견에 따라 비로소 정신과 물질을 하나로 이을 수 있는 실마리를 찾았다. 이로써 유물론의 상자에 갇혀 있던 인류의 의식은 깨어나기 시작했다.

과학의 범위도 이전에는 과학의 한계 밖에 있는 것으로 간주되었던 대상으로까지 넓혀졌다. 이제 물질 위주의 분리주의적 사고방식에서 하나로 어우러지는 합일적이고 총체적 사고방식으로 발상의 대전환이 요구되고 있다. 이는 지구 좌반구의 서양 물질문명에서 우반구의 동양 정신문명으로의 전환을 상징하며, 분석과 논리를 담당하는 우리 뇌의 좌뇌에서 직관과 감성의 우뇌적인 전환을 뜻하는 것으로도 볼 수 있다. 또한, 이는 우리가 지금까지 세상을 보아 온 마음의 눈인 '생각해보기'에서 얼의 눈인 '느껴보기'로 세상을 보는 방식을 바꿔야 함을 일러주고 있다.

그러나 우리가 새로운 세계관과 우주관을 세운다고 해서 과거의 이원론적 관점을 무조건 무시하고 배척한다면 그 역시 또 하나의 치우친 관점밖에 될 수 없다. 왜냐하면 구시대 과학이론이라 할지라도 어떤 조건과 영역하에서는 그 이론 역시 하나의 법칙으로 통용될 수 있기 때문이다.

새로운 과학이 우리에게 던져준 교훈은 서로가 지금까지 가져온 관점도 그저 하나의 관점일 뿐임을 인정하고 모두를 위해 두 개의 나누어진 관점을 조화롭게 아울러서 행복이 가득한 세상을 만들어 낼 수 있는 가능성을 일깨워준 것이라 하겠다.

여기서 구시대 과학이 우리의 삶에 어떤 문제를 일으켜왔는지 되돌아 보자.

『신과학이 세상을 바꾼다』(정신세계사)를 쓴 방건웅 박사는 "서구의 환원주의(還元主義) 과학 철학에 바탕을 둔 서양의 과학기술은 한마디로 미분(微分)기술"이라고 말하고, 이는 "자동차를 개별 부품으로 나누어 파악하는 것과 같다"고 비유한다. 그는 "물체를 구성 요소들로 환원하여 하나하나 나누어 생각하는 이러한 개일적(個一的) 접근방식은 생물체에 적용하는 데 한계가 있게 마련이다"라고 지적하면서 특히 질병 치료에 있어서는 "인체에 대한 총체적인 이해에 바탕을 둔 전일적(全一的, holistic)인 적분(積分) 기술적 접근이 필요해졌다"고 강조한다.

전체를 고려하지 않고 나누어 분석하는 이원론적 사고방식은 치료의 한계뿐만 아니라 병에 걸리면 수술을 하거나 병원균을 죽이기 위해 약만 먹으면 된다는 생각을 낳게 했다. 수술의 부작용은 차치하더라도 약의 남용으로 인한 부작용은 개인의 건강 문제에만 그치지 않고 생태계를 파괴하고 심각한 환경문제를 야기시키고 있다.

한때 비타민 C의 효용에 대한 연구 결과가 발표되자 비타민 C를 만병통치약으로 알고 약을 구하려고 너도나도 약국 앞에 장사진을 치는 진풍경이 벌어진 적이 있다. 비타민 C가 동이 나버리는 해프

닝이 일어난 얼마 후에 또 비타민 C의 부작용이 발표되었다. 그러자 한 비타민 C 애호가는 "비타민 C도 먹고, 또 비타민 C의 부작용을 없애는 약을 먹으면 된다"고 말하기도 했다. 이처럼 분리주의적 사고방식은 연속되는 문제의 악순환을 가져왔다.

이와 같은 악순환의 고리를 끊기 위한 대책 마련이 시급해지자 총체적이고 전일적인 접근방식의 필요성을 느끼게 된 것이다. 이를테면 질병 치료에 있어서도 몸 안에 병원균이 살 수 없는 환경을 만들어서 병이 스스로 물러가도록 만드는 식의 이른바 질병과의 공존을 도모할 수 있는 발상의 전환이 불가피해진 것이다.

그리고 이원론적 분리의식의 가장 큰 폐해는 종교, 이념의 차이로 빚어진 집단·국가 간의 전쟁 같은 심각한 갈등 문제라고 하겠다. 이러한 갈등 양상은 21세기에 들어선 지금도 끊이지 않고 있다.

이원론적 사고방식은 물질과학이 아닌 정신과학으로 분류된 심리학의 경우도 마찬가지였다. 사람의 마음을 연구대상으로 삼은 심리학마저도 몸과 마음의 연관성을 부정하는 바탕에서 출발하였기 때문에 마음의 본질이나 의식과의 관계를 규명하는 데 관심을 기울이지 못했던 것이다.

의식과 물질 사이에 다리를 놓은 양자역학의 등장은 물리학의 새로운 이정표가 되었을 뿐 아니라, 우주관을 뒤바꾼 패러다임 전환이라는 돌풍을 일으켰으며, 신과학 탄생의 기폭제가 되었다. 이로써 과학은 물질과 의식의 관계에 대해 관심을 갖지 않을 수 없게 된 것이다.

의식과 물질의 관계를 살펴보기 위해 1979년 스페인 코르도바에서 열린 '과학과 의식'이라는 심포지엄은 이러한 시대적 배경 속에서 개최되었다. 이 심포지엄에는 일단의 물리학자뿐 아니라 심리학, 생물학, 의학, 철학 분야의 학자들이 참석했다. 전공 분야에 관계없이 물질과 마음의 상관성에 대해 인식을 같이 한 학자들이 모여 새로운 과학을 탄생시킬 산파로서의 역할을 스스로 맡게 된 것이다.

이러한 움직임을 신과학운동(New Age Science Movement)이라 부른다. 신과학은 물질과 정신을 통합시키고 그 근원인 의식세계를 탐사하는 의식과학을 향한 이정표가 되었다. 이 신과학 운동에 참여한 대표적인 양자물리학자가 '홀로그램 우주론'을 주창한 데이비드 붐이다. 그리고 심리학 분야에서도 앞서 살펴본 바 있는 초개인 심리학(초심리학으로도 부름)이 등장하면서 여러 층의 의식상태를 가정하고 주로 신비체험, 초월의식 상태, 황홀경 등과 같은 변성의식(變性意識)이나 전생의 기억, 초감각적 지각능력(ESP) 등 초자연 현상에 대해서도 연구의 영역을 넓혀가게 되었다.

신과학 운동은 '지구가 우주의 중심'이라는 과거의 과학적 관찰 결과가 진리로 받아들여졌듯이, 모든 관찰 대상은 관찰자의 영향을 받는다는 자각에서 비롯되었다. 다시 말해 자연과 사회의 모든 현상들에 대해 관찰을 통해 결론을 도출하려 했던 과학적 접근방식

자체가 신뢰성이 없다는 사실을 깨닫게 된 것이다. 왜냐하면, 어떤 것이든 객관적으로 본다는 것이 불가능하기 때문이다. 누구나 사물이나 현상을 객관적으로 보았다고 하지만, 그 결과에 대한 판단은 주관적으로 내리게 마련이다.

우리가 느껴서 체험하는 모든 것은 자기가 이미 이해하고 있다고 여기는 믿음이나 생각, 그리고 어떤 가정에 따라 해석하여 파악한다. 따라서 구시대 과학이 낳은 '보는 것이 믿는 것'이라는 믿음은 설자리를 잃게 된 것이다. 양자역학이 전해준 메시지는 '믿는 것이 보는 것'이라는 믿음이 참이라는 사실이다. 이는 또한 우리가 실재하는 현실로 철썩같이 믿어왔던 물질세계의 모든 현상들이 사실은 우리 마음이 꾸며낸 환상임을 알려주는 것이기도 하다.

# 행복의 집 짓기

욕망과 저항은 둘다 바라는 마음이다.
욕망은 있기를 바라는 마음이고
저항은 없기를 바라는 마음이다. 이 둘은
찬 물과 더운 물처럼 같은 에너지의 다른 수준이다.

# 행복 창조의 법칙과 기법들

그동안 우리가 원했던 행복의 집을 짓기 위한 재료들은 물론, 설계도도 마련했다.

이제부터 이 설계도에 따라 집주인인 우리가 직접 집짓기 작업을 할 것이다. 작업을 준비하는 지금 이 순간 벌써부터 우리의 가슴속에는 행복감이 충만해지고 있다. 우리는 기쁨과 설레임을 안고 작업에 들어갈 것이다. 우리는 우리 자신이 더 없는 행복의 근원이자 행복 그 자체임을 알고 있는 터라 집짓기 작업에 대해 부담이 없다. 우리에겐 그 작업을 즐기는 일만 남아 있다. 집짓기 작업에 들어가기 전에 이미 그려놓았던 설계도를 다시 한번 점검할 것이다.

먼저 행복을 짓는 법칙에 대한 이해를 새롭게 하고, 행복의 집짓기의 원리에 따른 실천적 기법들을 터득할 것이다. 그리고 우리가 지은 행복의 집에 찾아드는 불청객과 같은 삶의 문제들을 사례별로 다루면서 행복의 집을 가꾸어 나가는 방법들도 익히게 될 것이다.

우리가 원하는 행복한 삶의 현실은 그 원재료인 순수의식에서 나온 생각과 느낌이 결합하여 지어진다. 어떤 현실을 지어낼 의도를 가질 때 생각은 믿음(신념)으로 다듬어져 유용한 창조의 도구가 된다. 이와 같이 어떤 의도가 신념으로 구체화되고 거기에 창조 에너지인 기(주의)의 집중이 지속될 때 원하는 현실은 창조된다. 그리고 이 과정에서 욕망과 저항에 물들지 않은 마음 상태인 긍정적인 감정과 상상력은 창조의 실현을 촉진시키는 촉매가 된다. 이는 우리가 체험하는 모든 현실이 지어지는 원리이며, 우리가 원하는 행복을 창조하는 법칙이다.

행복의 집짓기에 활용할 의식과학적 창조법칙과 기법들을 자세히 살펴보고 행복의 집짓기를 실습해 보자.

# 1. 앎과 존재상태

움직이는 에너지인 감정은 원하는 현실을 만드는 촉진제이다. 때문에 행복·사랑·감사 등 긍정적인 감정을 느끼는 존재상태에서 창조의 뜻을 세우면 그 과정은 순조롭게 진행된다. 그것은 행복의 집을 순수의식의 터전에서 의도하는 것을 말한다.

이와 반대로 부정적인 감정을 느끼는 상태에서 억지로 갖는 의도는 창조의 과녁을 빗나가게 하여 원하는 현실이 아닌 원치 않는 현실을 만드는 결과를 초래한다. 행복하고 풍요로운 삶을 창조하는 데 아무리 확고한 뜻을 세웠다 하더라도 불쾌한 감정을 느끼는 상태라면 결코 행복과 풍요의 집은 지어지지 않을 것이다.

이렇듯 감정을 품은 생각이 물질을 창조해낸다. 창조의 또 다른 조력자인 우리의 상상력은 긍정적인 감정이 실린 창조 에너지를 만들어내는 도구일 뿐만 아니라, 설계도대로 지어진 행복의 집을 생생하게 그려볼 수 있는 요긴한 도구이다. 왜냐하면 자신이 바라던 어떤 것을 얻었을 때의 모습을 상상하지 못하면 결코 그것을 창조할 수 없기 때문이다. 따라서 원하는 현실 만들기의 요체는 믿음을 가지고 자기가 원하는 모습을 그리기 시작하면서 동시에 긍정적인 감정 또한 강하게 느끼는 것이다.

예를 들어 많은 돈을 창조하기 원한다면, 풍요와 행복감을 만끽하면서 많은 돈을 가지고 기뻐하는 자신의 모습이나, 자기의 천직을 수행하기 위해 많은 액수가 예금된 통장을 그려보는 것이다. 물론 그 상상은 믿음에 바탕을 둔 것이라야 한다. 믿음 없이 하는 상상은 척하기에 불과하다. 그렇다면 문제는 어떻게 확신을 가질 것인가이다.

확신이란, 원하거나 기대하거나 필요로 하거나 선호하거나 믿어야만 한다거나가 아닌, 믿을 필요 조차 없이 그것이 이미 창조되어 있음을 아는, 그와 같은 믿음을 말한다. 우리는 걱정할 필요가 없다는 것을 알았을 때 비로소 그때서야 걱정할 필요가 없음을 믿을 수 있기 때문이다.

이 절대의 앎은 비록 자기가 원하는 것이 창조된 물질적 증거가 없더라도, 또한 그 앎에 반대되는 요소가 나타나더라도 계속해서 확신함을 뜻한다. 왜냐하면 원함(욕망)·기대·필요·선호·믿음은 '지금 여기에는 그것이 없다'는 것을 전제로 한 의도이기 때문이다. 따라서 원하는 현실이 무엇이든지 그것이 이미 창조되어 있음을 알 때 비로소 그것을 유도하게 된다. 이는 모든 것이 지금 여기에 존재하기 때문이다. 그러므로 내가 창조해야 할 것은 아무것도 없다. 필요한 것은 원하는 것 전부가 이미 창조되어 있음을 깨닫는 것뿐이다.

자기가 바라는 것을 얻는 방법은 단순히 자기가 무엇을 원하는지 아는 것이다. 그리고 자기가 그것을 얻을 자격이 있다는 걸 아는 것이다. 다시 말해 그것을 얻기 위해 믿으려 하거나 애쓰거나 기대하거나 필요로 하거나 다짐할 필요가 없는 앎을 말한다. 참나는 물리적 증거가 맘나, 몸나라는 환상 안에서 창조되는 환상임을 알고 있기 때문이다. 이 앎은 원하는 현실을 맘나(생각) 또는 몸나(행동)의 차원에서 창조할 수도 있지만, 참나에 의해 지금이라는 영원한 순간에 창조된 현실을 자각하는 그런 존재상태에서 창조할 수 있음을 말한다. 그와 같은 존재상태로 있기 위해서는 어떤 방법과 생각에서 벗어나서 생각을 뒤로하고 순수한 있음, 다시 말해 순수한 의식상태로 옮겨가는 것이다.

순수한 있음은 참나(순수의식)의 존재상태를 말한다. 여기서 다시 한번 분명히 짚고 넘어가야 할 점은 우리가 마음속에서 자기도 모르게 어떤 바람, 즉 욕망이 일어날 때는 반드시 그것과 맞물려 있는, 자기도 모르게 무엇을 거부하고 저항하는 것이 있기 때문임을 알아차려야 한다는 것이다.

과거에 우리가 원하는 현실을 지어내는 방식은 어떤 욕망이 일어나면 그것을 일으키는 맘나(마음)의 요구대로 주로 몸나(몸)의 행동으로 그 욕망을 채우려는 식이었다. 우리는 맘나가 욕망을 일으킬 때 그것을 있는 그대로 살펴보는 관찰법으로 알아차리는 것만으로 '참나'의 존재상태를 회복할 수 있다. 그리고 그와 같은 욕망의 뿌리인 거부감도 찾아내어 있는 그대로 살펴보기로 다룬다면 차츰 욕망이

줄어들 것이다. 예를 들어 부(富)를 욕망하는 마음속에는 반드시 가난
에 저항하는 마음이 숨어 있게 마련이다.

우리는 참나의 존재상태로 있기 위해 꼭 눈을 감고 명상을 해야 하
는 것은 아니다. 물론 자신이 처한 상황에 따라 그렇게 할 수도 있지
만, 맘나의 생각을 주시하여 알아차리는 것만으로, 또는 자신의 호흡
에 잠시 집중하는 것만으로도 참나의 존재상태로 있을 수 있다. 참나
에게는 과거, 미래는 물론 현재도 없다. 그것은 참나가 맘나와 같이
시간에 속박되지 않기 때문이다.

참나는 영원한 현재인 지금 여기에 있다. 우리가 이미 알고 있듯이
행복의 집은 미래의 어느 날에 지어지는 집이 아니다. 참나가 바로
지금 여기 있는 행복 자체이기 때문에 지금 여기에서 그것을 누리기
만 하면 된다. 그것은 지금 여기 있는 행복을 깨닫는 것이다. 이 방식
은 우리가 원하는 현실을 창조할 때도 그대로 적용된다. 지금 여기
창조되어 있는 현실을 즐기는 것말고는 할 게 없다.

『지금 이 순간을 살아라』(양문)라는 책을 쓴 에크하르트 톨레
(Eckhart Tolle)는 행복한 삶으로 들어가는 좁은 문은 바로 지금임을
강조하면서 이렇게 말한다.


많은 사람이 행복을 기다립니다. 그러나 행복은 미래에 올 수
가 없습니다. 어디서 무슨 일을 하든 그 일을 존중하고 인정하

고 받아들이십시오. 지금 가진 것을 완전히 받아들이십시오. 그러면 가진 것에 대해, 있는 그대로에 대해, 존재하는 것에 대해 감사하게 됩니다. 현재의 순간에 감사하면서 지금 충만한 삶을 사는 것이야말로 더 없는 행복입니다. 그것은 미래에 오는 것이 아닙니다. 그리고 나면 언젠가 행복이 여러 가지 모습으로 우리 앞에 드러날 것입니다.

## 2. 의식과학적 창조 방식

생각과 말 그리고 행위 또한 창조의 도구임에는 틀림없으나, 이들은 마음(맘나)과 몸(몸나)의 창조 도구로서 마음이 방법을 생각하고 몸으로 행동을 해야 하기 때문에 느린 방식의 창조가 된다. 그에 반해 원하는 것과 그것이 이미 거기에 있음을 알고, 그것의 창조자로서의 존재상태가 됨으로로써(다시 말해, 그것으로 있음으로써) 그것을 창조할 수 있다.

이것이야말로 의식과학 시대의 '믿음에서 앎'으로 가는 새로운 패러다임의 창조 방식이라 할 수 있다. 창조의 진정한 의미는 나의 존재상태를 일컫는 것이다. 다시 말해 진정한 창조의 대상은 바로 자기 자신인 것이다. 나는 나의 존재상태를 창조해 내는 창조자인 것이다. 이런 앎(자각)의 상태에서는 원하는 현실을 만드는 창조자는 창조의 과정을 즐기는 기쁨 속에 있다.

예를 들어, 예술 작품을 만드는 예술가의 기쁨은 완성된 작품에 있는 것이 아니라 자기의 완성을 위해 노력하는 데 있다. 결국 그는 예술 작품을 창조해 내는 자신의 창조자인 것이다. 다시 말해 자기의 존재상태를 창조해 내는 창조자인 것이다.

구시대의 낡은 창조 방식은, 나의 몸과 마음을 나라고 믿는 착각

속에서 행위야말로 무언가를 변화시킬 수 있고, 원하는 현실을 만드는 가장 확실한 도구라고 믿어왔다. 삶 속에서 행위의 욕구는 자연스럽게 생겨난다. 우리는 행위를 자신의 존재상태로부터 우러나오는 창조를 즐기는 하나의 방식으로서가 아닌, 원하는 현실을 만드는 수단으로 생각해 왔다. 이는 모든 행동보다 그러한 의도에 상응하는 감정을 느끼려는 의지가 더욱 효과적으로 원하는 현실을 만들어 낼 수 있다는 사실을 이해하지 못했기 때문이다.

이는 행위가 아무런 가치가 없다는 말이 아니라, 행위의 대부분이 자신의 보다 중요한 의도에 맞지 않게 이루어진다는 것이다. 우리는 대부분 긍정적인 감정보다는 어쩔 수 없이 해야만 한다는 식으로 부정적인 감정에서 행위를 하는 낡은 창조 방식의 악순환 속에서 힘든 삶을 살아왔다.

결국 많은 시간을 일에 쏟아 붓고 많은 노력을 쏟았는데도 불구하고 성취감을 느낄 수가 없었다. 오히려 부정적인 생각으로 인한 부정적인 감정으로 빚어진 원치 않는 현실에서 벗어나기 위해 또 행위를 할 수밖에 없는 우를 범해 왔다. 부정적인 생각과 감정으로 자기도 모르게 병을 만들어놓고 병을 낫게 하기 위해 병원에서 치료를 받느라 동분서주하는 것이다. 행위는 자연스럽게 할 마음이 우러나올 때 기분좋게 하지 않으면 오히려 역효과를 불러일으키며 마지못해 하는 또 다른 행위를 되풀이하게 만든다.

의식과학 시대의 새로운 창조 방식은 풍요와 행복의 느낌 속에 존
재할 때 비로소 그와 같은 존재상태의 놀라운 물질적 증거들을 거기
로부터 만들어져 나오도록 하는 것이다. 이는 어떤 일이 일어나고 난
(겪고 나서) 뒤가 아닌 어떤 일이 일어나기 이전에도 미리 그런 존재상
태로 있을 수 있다는 말이다.

예를 들면 돈을 많이 가짐으로써 풍요롭고 행복하게 되는 것이 아
니라, 먼저 풍요와 행복의 느낌을 만들어 그 속에 들어가 있음으로써
거기에서 많은 돈이 창조되어 나올 수 있도록 하는 것이다.

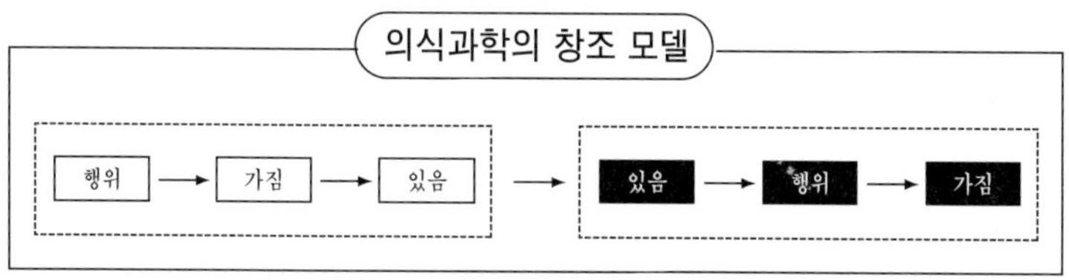


이 새로운 창조모델은 의식과학의 창조법칙이다. 의식과학의 원하
는 현실 만들기는 이미 그것이 만들어져 있음과, 우리가 필요로 하는
모든 물질적 현실이 모두 마음이 지어낸 환상임을 깨닫고, 그것을 참
나의 입장에서 다시 만들어 즐기기 위한 것이다. 이러한 새로운 창조
방식으로 우리는 누구나 마음 너머의 그 평화와 기쁨이 넘치는 공간
에서 창조 과정을 즐기면서 자기가 진정으로 원하는 현실을 만들 수

있을 것이다. 일단 원하는 현실을 만들어내려는 뜻을 분명히 세우면 창조의 과정은 시작된다. 그 다음은 그것이 이미 만들어져 있음을 알고 허락하면 된다. 그리고 긍정적인 감정이 실린 에너지를 지속적으로 집중하는 것이다.

이제부터 의식과학적 창조 방식으로 원하는 현실을 만들 때 마음의 힘인 상상력을 도구삼아 창조의 청사진을 만드는 시각화(視覺化), 또는 심상화(心象化)로 불리는 기법과 활용사례에 대해 살펴보자.

# 3. 시각화는 창조의 청사진

필자가 안내한 자기개발 프로그램에 참가했던 30대 중반의 약사 부부가 있다. 지금은 약국을 개업해 부부가 함께 운영하고 있지만 처음 그들을 알게 된 당시에는 남편은 군 복무를 대신해 어느 제약회사에서 근무했고 부인은 부업을 하면서 가사를 돌보고 있었다.

대학 서클에서 만나 교제를 하다 결혼한 그들은 비교적 금슬좋은 남부러울 게 없는 부부였는데 결혼한 지 5년이 지나도록 자식을 갖지 못했다. 둘 다 약사라서 각자에게 아기를 가질 수 없는 어떤 신체적 이상이 없다는 사실은 잘 알고 있었다. 결혼 2주년 무렵만 해도 불임의 원인이 남편이 다니는 회사의 근무 환경에서 오는 정신적 스트레스 때문이라고 짐작했지만 5년이 지나도록 소식이 없자 초조해지기 시작했다. 더구나 남편은 외아들이었다.

그들의 사연을 들은 나는 우선 아기를 갖지 못하는 현실을 낳게 한 원인이 된, 그들의 마음속에 감추어져 있을지도 모를 생각과 믿음들을 스스로 찾아보고 서로 대화를 나누어 보라고 권유했다. 그들은 자신의 마음속을 뒤져본 결과 겉으로는 아기를 원하고 있었지만, 삶의 목표가 분명히 세워지지 않은 상태에서 아기를 갖게 되면 여러 가지 어려움이 따르게 될 것이라는 거부감과 두려움이 마음속에 도사리고 있음을 알아냈다.

나는 그들에게 그러한 생각과 감정 들을 '있는 그대로 살펴보기'로 다루라고 일러줬다. 그리고 매일 아침 저녁 10분 동안 몸과 마음을 편안하게 이완시킨 다음 순산하는 모습을 마음속에 구체적으로 그리면서 감사와 사랑의 느낌을 가져보라고 권했다.

나중에 알게 된 것이지만, 그들은 그날부터 약 6개월 동안 하루도 빠지지 않고 건강한 아기를 아무 고통 없이 순산하는 모습을 생생히 그린 다음, 아기를 출산했을 때의 느낌도 함께 영상화했다. 6개월이 막 지난 어느 날 그들은 드디어 임신이 됐다는 소식을 기쁘게 전해 왔다.

나는 얼마 전에 그들의 안부가 궁금하던 차라 언제 출산하는지 물어보았다. 남편은 그렇잖아도 전화를 할 참이었다며 출산 예정일을 20일 가까이 넘기고 있다며 안절부절못했다. 병원에서는 수술 등의 조치를 곧 취할 것이라고 했다. 나는 절대로 수술을 해서는 안 된다고 당부하면서 요즘도 매일 시각화하는 명상을 계속하고 있는지 물어봤다. 임신이 된 이후에는 어쩌다 생각이 날 때만 하다가 약국을 개업한 이후로는 일이 바빠 제대로 못하고 있는 형편이라며 아마 산모도 그럴 거라고 했다.

나는 뱃속의 아이가 출산일을 결정하도록 아이에게 기회를 주라고 말하고 그려보기 명상을 꾸준히 하라고 부인에게도 전화를 걸어 다시 권유했다.

그로부터 일주일 정도 지난 어느 날 남편의 흥분된 목소리가 들려왔다. 자기가 그렸던 그대로 떡두꺼비 같은 아들을 얻었고, 의사들의 우려와는 달리 거의 무통분만에 가까운 순산을 했다고 격앙된 어조로 말했다.

이 약사 부부뿐만 아니라, 이런 사례를 수없이 보아왔다. 또한 설혹 부부 한쪽 또는 양쪽이 모두 의학적 불임 요인이 있다고 판명되었더라도 확신을 가지고 심상을 그려보는 시각화 기법을 활용해 보라고 권유한다. 누구든 자기가 믿는 대로 현실을 체험한다는 믿음이 참임을 알고 있기 때문이다.

이미 여러 가지 수련법에서 활용되고 있는 시각화 또는 심상화 기법은 우리의 상상력을 이용해서, 자기가 원하는 것을 이미 가지고 있고, 또 자기가 바라는 일을 하고 있고, 또 그렇게 소망하는 결과를 성공적으로 달성했다고 마음속에 그려보는 것을 말한다.

예를 들어 내가 자신감을 갖기를 바란다면 어떤 계획을 자신감있게 추진하면서 사람들과 당당하게 대화하는 장면을 상상해 본다거나, 또 평소 어려움을 겪었던 상황을 그려보고 그 상황을 잘 처리해 가는 자신감 넘치는 모습을 그려볼 수 있다.

이렇게 자신감이 가져다주는 것들을 맘껏 누려보고 자신에게 일어나기를 원하는, 일어날 수 있는 모든 것들을 그려본 다음 마치 그것이 실제로 이루어진 것처럼 생활하는 것이다. 물론 아직은 실현되지 않은 현실이라고 믿을 수도 있을 것이다. 그것은 단지 영상화한 마음의 그림일 뿐이다. 그러나 그것은 자기 목표의 청사진이 되며 자기의 에너지를 집중시킬 수 있는 틀이 되는 것이다.

시각화는 자신이 어느 영화의 주인공 역할을 하듯 선명하고 뚜렷한 상들을 보는 것처럼 할 수도 있고, 또 자기의 목표를 그냥 막연하게 생각하며 그것을 음미해 보는 식으로 할 수도 있다. 어떻게 하든 시각화를 하는 방식에 너무 신경 쓸 필요는 없다. 그저 자기에게 편안하게 느껴지는 방식대로 하면 그만이다. 중요한 것은 시각화의 방식이 아니라, 어떤 감정을 느끼는 존재상태에서 하느냐와 그것을 얼마나 꾸준히 할 수 있느냐이다.

사람들은 시각화하는 것이 어렵다고 느끼는 것 같다. 마음이 뜻대로 움직여 주지 않고 잡념이 자꾸 끼어들고 산만해져 원하는 장면을 그려내기가 쉽지 않다고 말한다. 그러나 그것은 걱정하지 않아도 된다. 그리는 그림이 꼭 사진을 찍은 것처럼 완벽할 필요는 없다. 엉뚱한 생각들이 자기도 모르게 떠오르더라도 그것에 대항하여 싸우지 말고, 그냥 흘러가버리도록 내버려두면 그만이다. 그러면 자기가 그리는 모든 현실은 아주 자연스럽게 그 상상 속의 현실을 닮아갈 것이다.

시각화 기법을 활용할 때 유념할 점은 실제로 바로 지금 이루어진 것처럼 마음속에서만이라도 그것이 자신의 현실이 되도록 목표를 상세하게 만들고, 또한 이를 하루도 빠짐없이 꾸준히 반복하는 것이다.

여기서 잠시 미국에서 있었던 시각화의 효과를 측정 실험하는 사례를 살펴보자. 이 실험은 같은 대학 농구 선수들을 세 그룹으로 나누어 실시했다. 첫째 그룹은 한달 동안 날마다 체육관에 들러 슈팅 연습을 하도록 했고, 두번째 그룹은 어떤 훈련도 시키지 않았다. 세번째 그룹 역시 전혀 슈팅 연습은 시키지 않았으나 그 대신 좀 색다른 훈련을 시켰다. 그들로 하여금 기숙사에 남아 마음속으로 체육관에서 연습하고 있는 자신들의 모습을 시각화하도록 했다. 득점을 하는 장면과 기량이 더욱 향상되는 모습을 상상하면서 날마다 마음의 훈련을 했던 것이다.

한달 후 이 세 그룹을 다시 검사해 보았다. 그 결과 매일 슈팅 연습을 하였던 첫번째 그룹은 득점률에서 25%의 향상률을 보였다. 이에 비해 전혀 훈련을 하지 않았던 두번째 그룹은 아무런 진전도 없었다. 그런데 마음속으로만 훈련을 하였던 세번째 그룹은 실제로 연습을 한 첫번째 그룹과 똑같은 득점 향상률을 보였던 것이다.

심상화 기법은 암 치료의 대체요법으로도 활용되고 있다. 그 대표적 사례는 미국 캘리포니아에 암센터를 설립해 심상화 기법으로 암 치료를 하고 있는 종양학자인 칼 사이먼턴(O. Carl Simonton) 박사이다. 그는 프랑크(61세) 씨의 말기 후두암을 심상화 기법으로 완치시켰다. 그 후두암 환자는 살아남을 수 있는 확률이 5%도 되지 않고 체중도 41킬로그램에 불과했기 때문에 방사선 치료조차 망설여지는 그런 상황이었다.

사이먼턴 박사는 이 환자에게 심상화 기법과 방사선 치료를 병행했다. 환자는 하루에 세 번씩 찍는 방사선이 암 세포를 폭격하는 수백만 개의 에너지 탄알을 가지고 있다고 마음속에 영상을 그리기 시작했다. 또한 그는 암세포가 정상세포보다 더 약하고 혼란된 상태에 놓여 있어 방사선에 의해 사멸된다고 상상했다. 그리고 백혈구들이 몰려와서 죽어가는 암세포들을 포위하여 그것을 몸 밖으로 버리기 위해 간과 신장으로 실어내는 모습도 생생히 그렸다. 그 결과 방사선 치료는 마치 요술처럼 효과를 보였다. 그는 방사선 치료에 흔히 수반되는 피부와 점막이 손상되는 부작용을 겪지 않고, 단 2개월 만에 암의 어떠한 징후도 발견할 수 없는 완치 상태가 되었다.

시각화 기법을 활용한 난치병 치료 사례들은 우리 안에는 이미 이러한 치유 능력을 실질적인 도구로서 이미 갖추고 있으며, 이 능력은 우리가 쓰려고 결심하기만 하면 언제든지 사용할 수 있음을 말해주고 있다.

# 4. 느낌은 시각화의 효과를 높인다

시각화 기법은 또 그와 같은 영상을 마음속에 그린 다음, 그것이 이루어졌을 때의 느낌을 상상하여 덧붙이면 상승작용을 한다.

예를 들어 만약 여러 사람 앞에서 자신이 개발한 어떤 제품에 대한 설명회를 한다고 해보자. 이 설명회가 앞으로 제품 판매에 결정적 영향을 미치게 될 경우 누구든 긴장감을 느끼지 않을 수 없을 것이다. 이럴 때 우리는 몸과 마음을 이완시킨 후 자기가 계획한 대로 차근차근 제품을 설명하는 자신의 모습을 시각화해 볼 수 있다. 그리고 여기에다 계획대로 완벽한 설명을 끝낸 후의 느낌을 상상해 볼 수 있다. 이 느낌에 대한 어떤 감정적 반응을 상상하면서 그렇게 몸으로 느껴지는 느낌들을 자신의 것으로 만드는 것이다. 다시 말해 원하는 것을 이미 얻었다고 확신하는 것이다. 그것이 잘 될까 조바심내거나 의심하거나 걱정하지 말고 그것을 이미 존재하는 현실로 받아들이라는 것이다. '잘 되어 갈 것'이라고 말하지 말고 '참 잘 되었다'라고 말하라. 흥분된 기분과 성취감, 스릴을 만끽하는 것이다. 그런 자기 자신을 축복하고 탄성을 질러도 좋을 것이다. 벌써 목표를 성취한 기분으로 가슴 설레는 그런 감동을 느껴보아도 된다. 이 시각화 기법을 활용해 삶의 성공자가 된 사례는 너무도 많다. 필자가 아는 국내 정상

급 다단계 판매회사의 사업자로서 2년 반 만에 최고 직급에 올라 성
공한 사례를 여기에 소개할까 한다.

　40대 초반의 그 여성은 프리랜서 작가였는데 남편의 사업 실패로
작가 일을 그만두고 다단계 판매업에 뛰어들었다. 남편도 함께 이 일
을 했지만 좀처럼 사업기반이 잡히지 않고 라인을 구축하기가 너무
도 힘들었다. 그녀는 이미 여러 가지 심신수련법을 섭렵해 본 터라
시각화 기법에 대해서도 알고 있었다. 그러나 그녀는 자신의 목표를
이루는 데 굳건한 신념만 가지면 된다는 식으로 생각하고 이 기법을
적극적으로 활용하지는 않았다. 노력에 비해 성과가 너무 미미하여
사업을 중도에 포기하려 할 즈음에 그녀는 나에게 도움을 청했다.
　나는 그녀에게 시각화 기법을 활용하도록 권했다. 그리고 자기가
바라는 영상을 그리면서 성공한 자기 자신에 대해 감사와 사랑의 느
낌을 느껴보라고 일러주면서 매일 아침 저녁으로 꾸준히 해야 한다
는 점을 강조했다. 그로부터 일년도 못 되어 최고 직급에 오른 그녀
는 이렇게 감회를 털어놓았다.
　"나는 지금 막 최고 직급자가 된 것처럼 성공한 나의 모습을 생생
하게 그려보았어요. 어떤 의심도 품지 않았지요. 나는 성공자의 메달
을 만들어 미리 달고 다녔습니다. 그리고 상위 직급자의 성공에 축복
을 보내고 하위 직급자들도 이미 나와 같은 성공자로 여겼지요. 시각

화를 하고부터는 행동으로 해야 할 노력의 양이 점점 줄어들고 모든 것이 순조롭게 풀려나갔습니다. 성공자가 된 느낌을 만끽했지요. 저의 성공을 확신하고 그것을 매일매일 음미했던 겁니다. 나는 아침에 일어날 때와 잠자리에 들 때 그런 성공을 이룩해 낸 자신에게 감사와 사랑을 보내는 것을 잊지 않았습니다."

# 5. 집중과 명상

집중과 명상은 마음을 가라앉히기 위한 자기 관찰법이다. 자기 자신의 몸과 마음을 있는 그대로 살펴보게 되면 생각과 감정 그 너머에 있는 심오한 존재의 자리에 가 닿게 되는 것이다. 이것이 모든 명상의 목적이다. 명상은 또 시각화를 할 수 있는 터전을 마련하기 위한 것이다.

어떤 대상이든 무엇에 의식을 집중하는 것은 명상의 핵심 요소이다. 집중력의 유지는 우리가 앞에서 연습한 '있는 그대로 살펴보기' 관찰법을 꾸준히 생활화하면 자연스럽게 길러질 것이다. 그리고 이 관찰법을 자기 자신에게 적용하면 그것이 바로 명상이 된다.

명상은 자기 자신과 함께 있는 것으로, 그리하여 마침내 자기 자신이 되는 것을 말한다. 자기 존재에 닿는 것은 마치 활쏘기를 할 때 활시위를 끝까지 잡아당긴 상태에 비유할 수 있다. 이렇게 끝까지 당겨야만 과녁에 정확히 맞힐 수 있기 때문이다. 이와 같은 명상은 아침저녁으로 짧게는 5분에서 길게는 20분 정도면 충분하다. 앞으로 구체적인 방법을 제시하겠지만 자기 자신에게 의식을 집중하면 된다. 자기의 호흡이나 들리는 소리에 잠시 주의를 기울이는 것도 한 방법이 될 수 있다.

# 6. 감사와 감사행(感謝行)

원하는 현실을 만드는 데 감사의 감정을 미리 느껴보는 것은 자신이 의도한 것이 이미 창조되어 있다는 확신을 나타내는 존재상태에 이르기 위해서이다. 그리고 감사행은 그 감사의 마음을 행동으로 실천하는 것을 말한다. 우리는 앞에서 감사와 사랑의 말을 들려 준 물이 가장 아름다운 결정을 취한다는 사실을 확인하였다. 감사와 사랑은 음과 양으로 절묘하게 조화를 이룬 만물을 살리는 치유 에너지가 아닐까 여겨진다.

감사행은 말의 힘으로 세상을 바꿀 수 있다는 일본의 다니구치 마사하루〔谷口雅春〕가 제시한 수행기법 중의 하나이다. 다니구치는 40권으로 된 『생명의 실상(實相)』(태종출판사)을 통해 이 상대세계가 마음의 반영임을 상기시키면서 '천지만물에 감사하라'고 갈파했다.

필자는 70년대 초반 탐구생활의 동반자였던 취산 선생의 소개로 생명의 실상에 매료되었다. 다니구치는 일본에서뿐만 아니라 전세계를 여행하면서 순회 강연을 했는데 단지 그의 강연을 듣거나 그의 책을 읽는 것만으로도 몸의 병이 홀연히 사라지는 일들이 도처에서 벌어졌다. 당시 취산 선생은 다니구치의 저서에 담긴 핵심 메시지들을 추려서 무크지를 만드는 등 '생명의 실상'의 보급을 위해 힘썼다. 취산 선생은 필자를 비롯해서 그의 뜻에 공감했던 많은 사람들의 힘을 모아 『보름마다의 편지』라는 구도 정보가 담긴 소책자를 만들어 전국의 의식세계 탐구자들에게 배포하기도 했다. 당시 출판사 이름을 '밝은 생활사'라고 했는데 이것이 지금의 미내사 클럽의 전신인 셈이다. '생명의 실상'은 감사행을 생활화하면 병이 낫는 것은 물론, 삶의 모든 문제가 풀릴 수 있다고 역설했다.

당시 '생명의 실상' 애독자들이 참가한 수련 모임에서 특히 인간관계의 갈등을 겪고 있는 사람들에게 이 감사행을 하도록 했다. 그 사람을 떠올리며 소리내어 "○○○씨 감사합니다"를 반복해서 외우라고 했다. 처음에는 어색하게 건성으로 "감사합니다"라고 하다가 나중에는 모두 눈물을 흘리면서 극적인 화해를 하는 모습들을 목격할 수 있었다. 창조력으로서의 말의 위력을 실감하는 순간이었다.

감사는 원하는 것이 성취되었을 때 나타나는 자연스런 감정의 표현이지만, 우리는 성취되기 이전에 미리 감사의 감정을 의식적으로 느껴볼 수도 있다. 이럴 때의 감사는 앞서 말한 대로 실현에 대한 확신의 표시가 된다.

누구가 어떤 대상이건 아무런 애씀도 없이 그것을 있는 그대로 깊이 살펴보면서 그 존재 너머의 어떤 자리에 가 닿았을 때 사랑과 감사의 느낌이 저절로 흘러나오게 되는 것을 체험할 수 있을 것이다. 생활 주변에 널려 있는 옷가지 하나, 쌀 한 톨에 대해서 우리가 먼저 감사를 보내면, 그들은 사랑으로 화답할 것이다. 이렇게 우리의 감사하는 마음이 자라면, 우리는 우리 마음대로 되지 않은 것에까지 감사를 느끼게 될 것이다.

의식과학적 창조 방식으로 원하는 현실을 만드는 것을 생활화하는 데 유념해야 할 점이 있다. 물론 생각을 바꾸는 것만으로 즉시 원하는 현실이 만들어지는 경우도 있을 것이다. 그러나 생각을 바꾸었고 해서 모든 것이 곧바로 뒤따르지는 않는다. 새로운 의식이 개발되고 그것이 정착되기까지는 어느 정도 시간이 걸리게 마련이다. 그동안에는 자기의 삶의 어떤 변화도 찾아보기 힘들 것이다.

새로운 현실이 나타나기까지의 이 기간이 아주 중요하다. 이 기간 동안에 어떤 생각과 행동을 하느냐에 따라, 자기가 만들고자 하는 현실이 빨리 나타날 수도 있고 더디게 나타날 수도 있기 때문이다. 우리는 그런 현실이 빨리 나타나지 않으면 의심과 회의에 빠질 수 있다. 어쩌면 의기소침해질지도 모르고, 괜히 헛된 망상에 빠져 있는 게 아닌가 하고 의심할 수도 있을 것이다. 어쩌면 자기 자신에게 조소와 비웃음을 보낼지도 모른다.

그런 의혹이 생기는 것은 어쩌면 당연하다. 그러나 그것 때문에 우리의 의지가 꺾일 수는 없다. 이때야말로 인내심을 갖고 꾸준히 연습을 하는 게 더욱 중요하다. 이러한 연습을 통해서 우리가 순간순간 체험하는 모든 현실은 모두가 변화의 흐름 속에 흘러가는 삶의 한 과정에 불과할 뿐임을 절실히 깨닫게 될 것이다. 이 세상에 변하지 않는 것은 없다. 우리가 처한 상황 또한 계속 새로운 상황으로 변해가는 과정 속에 있다. 그러므로 우리가 이처럼 유연한 관점을 가지고 자신의 의도를 포기하지 않고 지속적으로 주의를 기울이면 반드시 새로운 현실은 우리 앞에 나타날 것이다. '그렇게 해보았지만 안 됐어'라는 심술쟁이 같은 생각의 고비를 넘어야 하는 것이다.

긴장을 풀고 모든 부정적인 생각을 감싸면서 즐거운 마음으로 연습해 보기를 권한다.

# 원하는
# 현실 만들기 준비

원하는 현실을 지어낼 준비를 위한 연습이다. 우선 보기를
참조하여 물음에 답하고 도움말을 읽어보라.

당신이 창조하기 원하는 것 한 가지를 정하고 다음 물음에
답하라. (만약 돈이라면 어떻겠는가)

1. 당신은 무엇 때문에 그것을 원하는가? (필요와 동기)
보기 : 빚을 갚고 자동차를 사기 위해

2. 당신이 그것을 원하는 진정한 이유는 무엇인가? (궁극적
인 목적)

3. 당신이 원하는 그것을 창조하기 위해서 당신은 우선 무엇을 해야 한다고 생각하는가?(갖춰져야 할 선행 조건)

보기 : 빈틈없는 계획과 자신감, 확고한 의지(신념)를 가져야 한다.

4. 당신이 원하는 그것이 창조될 수밖에 없는 이유를 적어보라. (이유)

보기 : 그것을 창조할 자신이 있다.

많은 사람들의 도움을 받을 수 있다.

열심히 뛸 수 있는 건강한 몸

5. 당신이 그것을 창조하는 데 예견되는 걸림돌은 무엇인

가?

보기 : 충분한 시간이 없는 것

약속에 대한 두려움(장애 요소)

함께 일하는 사람들과의 갈등


6. 그것이 걸림돌이라고 여겨지게 된 원인이 된 믿음은?

보기 : 일확천금은 있을 수 없다.

동료들이 나를 배신할지도 모른다.


**도움말**

당신이 답한 내용을 잘 살펴보면 지금까지 당신이 체험해 온 현실이 모두 자기가 알게 모르게 가진 생각과 믿음대로 만들어졌음을 알았을 것이다. 그리고 의식적으로 믿음을 가졌음에도 불구하고 그것이 현실화될 수 없었던 이유도 발견했을

것이다. 보기의 분석을 참고하여 당신이 답한 것을 문항별로
잘 살펴보면서 새로운 창조 방식으로 그것을 창조할 준비를
하라.


### 1. 필요와 동기

원하는 것의 창조 동기는 욕망에서 비롯된다. 이는 너무도
당연하고 자연스러운 일이라 하겠다. 그런데 그 바람의 밑바
닥에는 항상 그것이 '부족하다'거나 '그것을 얻기가 어렵다'
는 믿음이 깔려 있다. 그리고 그 생각을 받치고 있는 믿음은
'지금 그것이 없다'이다.

보기에서와 같이 빚을 갚기 위한 것과 같은 결핍에 의한 창조
는 풍요의 감정을 느끼는 데 방해 요소로 작용한다. 그것을 알
고 의도해야 할 것이다. 그리고 자동차를 사기 위해 돈을 창조
할 수도 있지만, 자동차를 직접 갖게되는 것을 의도할 수도 있
다. 자신이 목표한 그 자동차를 선물받을 수도 있기 때문이다.


### 2. 궁극적인 목적

돈을 원하는 궁극적인 목적은 누구나 똑같다. 새로운 창조
방식은 이러한 감정을 먼저 느끼는 것부터 과정이 시작된다.

그러한 존재상태의 당신 자신을 창조하는 것이다.


### 3. 선행 조건

우리는 '이것이 먼저 갖춰져야 저것이 될 수 있다'는 식의 많은 제약을 갖고 있다. '믿어야만 한다'는 식의 믿음은 다짐이나 자기 최면일 뿐이다.


### 4. 이유

'당신이 창조자'라는 것을 의심하게 하는 믿음을 찾아보라. 혹시 당신은 남이 당신의 창조를 대신해 준다고 믿고 있는 것은 아닌지?


### 5. 장애 요소

창조의 장애 요소는 두려움과 의심, 걱정 등이다. 그것은 있는 그대로 살펴보기 관찰법으로 다룰 수 있다. 우선은 그것을 알아차리는 것이 중요하다. 그런 장애 요소를 일으킨 원인이 된 믿음을 긍정적인 방향으로 바꾸라.

# 원하는
# 현실 만들기 실제

앞의 준비에서 정한 당신이 원하는 현실을 실제로 창조하라. 새로운 의식과학적 창조모델(있음 → 행위 → 가짐)과 심상화 기법을 활용하라. 다음 안내문을 다른 사람이 간격을 두고 읽어주어도 좋고, 자신의 음성으로 녹음하여 그것을 들으면서 해도 좋다.

- 자세를 가다듬으면서 눈을 감아라.

- 당신의 호흡(들숨과 날숨)에 주의를 기울여 보라.

- '나는 내 삶의 창조자다'라고 속삭여 보라.

- 이제 당신이 바라고 갖고 싶은 그것을 떠올려 보라.

• 지금 여기 그것이 창조되어 있음에 감사하라.

• 이제 당신이 원하는 그것이 지금 여기에서 창조된 모습을 더욱 생생하게 그려 보라.

• 기뻐하고 감사하는 당신의 모습을 그려 보라.

• 천천히 눈을 떠라.

# 의식과학적 창조의
# 생활화

이 연습은 '있음 → 행위 → 가짐'의 의식과학적 창조 방식을 일일 생활관리 프로그램으로 정착시키기 위한 것이다. 이 연습은 최소한 30일 이상 꾸준히 계속하기를 권한다. 이 연습은 각자 노트를 준비하여 혼자서 한다. 이 노트는 생활 명상록이요, 행복하고 풍요로운 삶의 기록이 될 것이다. 매일 자신에게 이 세 가지 물음을 던지고 스스로 답하라. 그리고 심상화 기법과 집중 명상법을 활용하라.

1. 나는 어떤 존재상태로 있고 싶은가? 내가 진정 느끼고 싶은 감정은 무엇인가?

보기 : 행복과 풍요를 만끽하고 싶다.

새로운 힘과 용기, 자신감을 갖고 싶다.

2. 나는 무엇을 갖고 싶은가? (유형, 무형)

보기 : 통나무로 지은 전원 주택을 갖고 싶다.

　　　흰색 9인승 승용차를 갖고 싶다.

　　　나와 함께 일하는 모든 사람과 원만한 인간관계를 맺고 싶다.


3. 오늘 내가 할 일은 무엇인가? (오늘의 계획)

보기 : 오후 3시 결혼식에 참석하기

　　　~에게 나의 입장을 분명히 전달하기

　　　집안 대청소 하기


**도움말**

매일 아침 노트에 세 가지 질문을 던지고 대답을 적고 난 후 하나하나 있음 → 행위 → 가짐의 창조 방식으로 창조하라. 이 연습이 반복될수록 창조의 과정은 물론, 창조와 경험 사이의 간격이 좁혀질 것이다. 당신은 삶 속에서 늘 활짝 깨어 있는 의식상태를 자연스럽게 유지하게 될 것이다. 당신은 삶 속에서 이런 질문을 던질 것이다. 지금 나는 진정 무엇을 원하고 있는가? '행복과 풍요를 느끼고 싶다' 이것뿐이다. 이런 감정을 가지면 다른 모든 것은 저절로 따라오게 될 것이다. 당신은 원하는 것은 무엇이든 할 수 있고 가질 수 있는 무한 능력자임을 분명히 알라.

이 연습을 지속하는 동안 어느새 의식과학적 창조 방식을 체득함으로써 삶의 매 순간마다 아주 자연스럽게 자기가 원하는 현실을 만들어 갈 수 있을 것이다. 이 연습을 〈연습6〉 '몸에게 감사와 사랑의 마음 보내기' 연습과 연결시켜 이를 꾸준히 생활화하기를 권한다.

# 삶의
# 목표 세우기


1. 당신은 이미 세워놓은 삶의 목표가 있을 것이다. 만약 그렇다면 그와 같은 삶의 목표를 어떤 목적을 위해 세웠는지 생각해 보라. 그리고 그 목표를 세우게 된 동기가 무엇이었는지 살펴보라.


| 목 표 | 동 기 | 목 적 |
|---|---|---|
| ① 의사가 되는 것 | 부모님의 권유 | 보람을 맛보기 위해 |
| ② | | |
| ③ | | |
| ④ | | |
| ⑤ | | |
| ⑥ | | |
| ⑦ | | |

⑧

⑨

⑩


2. 당신이 정말 하고 싶거나 그렇게 되고 싶었지만 어떤 이유로 포기했던 목표는 무엇인가?


3. 만약 당신이 돈에 구애받지 않고 이 세상의 돈과 시간을 모두 갖게 된다면 무엇을 하겠는가?


4. 당신만이 가지고 있는 재능은 무엇인가?


5. 당신은 어떤 일에 흥미를 느끼는가?


6. 당신은 어떤 소질이나 장기를 가지고 있는가?


7. 당신이 가장 부러운 사람은 누구인가?


8. 당신이 이웃에게 조건없이 봉사하고 싶은 것은 무엇인가?

9. 당신은 누구와 어떻게 일할 때가 신나는가?

10. 당신의 취미는?

11. 당신이 가장 싫어하는 일은 무엇인가?

12. 당신은 어떤 과목을 가장 좋아하는가?

13. 당신이 만약 다시 태어난다면 무슨 일을 하고 싶은가?

14. 하고는 싶지만 이미 때가 늦었다고 여겨지는 것은 무엇인가?

15. 꼭 그렇게 되어야만 한다고 여기고 있는 것은 무엇인가?

위의 대답(1~15)을 잘 살펴본 다음 이 대답에 우러나오는 목표를 이미 세운 목표에 추가하라.

**추가로 달성할 목표**

이와 같은 삶의 목표는 당신이 원하는 현실이다. '의식과학적 창조의 생활화' 노트 앞 페이지에 써두고 우선순위를 정하여 있음 → 행위 → 가짐의 창조 방식과 심상화 · 집중 기법을 활용하여 창조하라.

# 행복의 집 가꾸기

이제부터 우리의 삶에 가로놓여 있는 불행이라고 간주할 수밖에 없는 삶의 문제들을 제거하는 작업에 들어간다. 이들은 대부분 행복의 집짓기 과정에서 생긴 부산물들이다.

우리는 이들도 모두 우리 자신이 지어낸 우리의 얼나임을 알고 있다. 이들은 불행이 아니고 누리기를 거부하는 행복의 찌꺼기요, 그림자일 뿐이다. 이 행복의 찌꺼기는 삶의 에너지로 재활용될 수 있다. 이것이 행복의 집을 가꿔나가는 지혜이다.

# 1. 부정적 감정을 긍정적으로 바꾸기

　원치 않는 현실은 원하는 현실 만들기 과정의 부산물—의심·염려·불확실성, 또한 두려움에 뿌리를 둔 부정적 감정의 형태로 주로 나타나지만, 심신질환이나 전혀 예기치 못한 사건·사고 등 변고(變故)로 생길 수도 있다. 보통 생활환경과의 관계에서 빚어지는 불편을 통칭 스트레스라고 부른다. 어떤 경우든 그것을 없애는 근본적인 처방은 자기 관찰을 통해 그것을 있는 그대로 체험하는 것임을 이미 앞에서 살펴보았다. 우리는 우리의 생각을 지켜보고, 감정을 느끼고, 반응을 관찰함으로써 마음의 뒤안에서 고요하게 머물며 지켜보는 자가 될 수 있다. 그런데 우리는 원하는 현실을 만들기 위해 목표를 세우고 거기에 긍정적인 감정이 실린 에너지의 집중을 유지하는 도중이나 그 이후, 또는 그런 뜻을 세우려 할 때 부정적인 감정을 느낄 때가 있다.

　느낌을 언어로 사용하는 얼나는 우리가 감정이라고 부르는 느낌의 신호를 보내줌으로써 창조의 진행 상태를 알려준다. 부정적인 감정은, 창조가 진정 원하는 쪽이 아닌 원치 않는 쪽으로 진행되고 있음을 알려주는 경고등과 같다. 우리는 그런 감정이 생겼을 때 자신도 모르게 그것을 떨쳐버리려고 안간힘을 쓴다. 하지만 그럴수록 그런 감정은 더욱 커지게 된다.

감정은 맘나가 지어낸 생각과 몸나의 감각이 연결됨으로써 생기는 것이므로, 부정적인 감정은 마음속에 깊숙이 숨어 있는 어떤 생각이 원인이다. 그러므로 부정적인 감정이 생겼을 땐 대체 어떤 생각이나 말 또는 행동 때문에 이런 감정이 생겼는지 먼저 찾아보아야 한다. 감정의 원인이 된 생각을 찾아내면 그것을 있는 그대로 살펴보기로 알아차리고 그것을 사라지게 할 수도 있지만, 그보다는 부정적인 생각을 긍정적인 생각으로 바꾸면 된다. 일단 긍정적인 생각으로 바뀌기만 하면 부정적인 감정 또한 어렵지 않게 긍정적인 방향으로 돌려진다. 그리고 나서 먼저 긍정적인 감정을 느끼는 그런 존재상태에서 원하는 현실을 새롭게 의도하면 된다. 이 과정에서 또 부정적인 감정이 다시 되살아날 수도 있는데 이럴 때는 원하는 현실 만들기 작업을 잠시 중단하고 기분 전환을 한 다음 다시 시작하는 것이 바람직하다.

결핍감이나 좌절감 등 부정적인 감정을 느낄 때는 그러한 감정에서 벗어나 감사와 사랑을 느끼는 긍정적인 감정으로 되돌려야 한다. 스스로 부족하다고 느끼면 결코 풍요로울 수 없듯이, 부정적인 감정을 느끼면서 동시에 자신이 목표하는 것과 조화를 이룰 수는 없다. 그런 감정이 지속되게 놓아두는 것은 스스로 온누리에 에너지를 보내며 자기가 원하지 않는 것을 체험해 달라는, 다시 말해 그것이 성취될 수 없도록 해달라는 식으로 유도하고 있다는 말이다. 예를 들어 암과 같은 질병에 대해서도 부정적인 생각을 갖게 되면 거부감과 두려움 같은 부정적인 감정도 아울러 느끼게 됨으로써 급기야는 암을 현실속으로 끌어들이게 된다. 이와 마찬가지로, 건강한 몸을 생각하면 기쁨과 행복감 같은 긍정적인 감정이 조화를 이뤄 건강을 체험하는 것과 같은 이치다.

또한, 아무리 간절히 원하고, 그것을 얻을 수 있다고 확신해도, 지금 여기에 없다는 점에 초점을 맞추면 결국 진정 원하는 것이 아닌 다른 상황을 유도한다. 그리고 원하는 것에 대한 물질적 증거가 없다는 이유만으로 걱정과 의심, 그리고 조바심으로 안절부절못하는 태도는 뿌린 씨앗을 자라지 못하게 짓밟아 버리는 것과 마찬가지다. 여기서 우리는 기도의 참된 의미를 발견하게 된다.

# 장점과 긍정적인 점에
# 초점 맞추기

이 연습의 목적은 인간관계에서 갈등이 생기거나 어떤 일로 좌절감을 느낄 때 그것에서 벗어나기 위해서이다. 연습을 하고 도움말을 읽어라.

• 노트를 준비하고 당신이 싫어하거나 갈등을 빚고 있는 사람들에 대해 그들의 장점들을 적어보라. 또한 당신이 처해 있는 난관, 위기상황, 난처한 일들에 대해 긍정적인 측면을 찾아보라.

• 그 긍정적인 측면에 당신의 주의를 모아라. 그리고 긍정적인 감정을 느껴보라.

**도움말**

당신이 어떤 사람이나 상황 때문에 좌절감이나 속상함을
느낄 때는 그와 같은 느낌이 그 사람이나 상황을 향한 것이 아
니라, 그 사람이나 상황에 대한 당신의 감정을 향한 것임을 알
라. 이는 어디까지나 당신의 감정이며, 당신의 감정은 당신말
고 어느 누구의 잘못도 아니다. 이를 받아들일 수 있을 때 비
로소 당신은 자신이 느끼는 방식에 책임을 지고 그 방식을 바
꿀 수 있게 된다.

# 2. 저항은 원치 않는 현실을 지속시킨다

대부분의 사람들은 원치 않는 현실을 거부하고 물리치면 원하는 것을 얻을 수 있다고 생각하지만 그것은 현실 만들기의 법칙에 어긋난다. 건강함이 우리의 참모습이기 때문에 질병에 맞서 미리 방어할 필요가 없다. 방어하고 걱정하거나 부정적인 생각으로 대항하는 것은 경험 속으로 그것을 끌어들이게 된다.

우리는 주변에서 건강을 염려한 나머지 평소 몸에 좋은 건강보조 식품이나 영양제 등을 달고 사는 사람들이 오히려 병원 신세를 지는 것을 심심찮게 볼 수 있다. 또 가난을 저주하고 비관적인 감정을 느낄수록 더 비참한 가난을 불러오는 사례도 주변에서 흔히 볼 수 있다. 원하지 않는 것에 저항하고 방어할수록 그것을 끌어들이는 힘은 더욱 커진다. 저항하는 것은 곧 스스로 그것이 더 지속되도록 힘을 보태는 것이기 때문이다.

예를 들어 병원에서 정기 검진 결과 종양이나 이상 징후가 발견되면 두려움에 떨면서 염려한 나머지 부정적인 측면에 초점을 맞추어 증세를 점점 키우게 된다. 이런 경우 그와 같은 진단 결과로 나타난 물질적 증거를 부인하는 대신 무시해 버리면 그만이다. 우리는 앞에서 관심을 보이지 않은 밥이 가장 빨리 썩어버린다는 실험결과를 보았다.

질병에 대한 저항이 완전히 사라지면 병도 사라진다. 질병을 유도한 것은 자신의 생각(믿음)과 부정적 감정이므로 그것을 긍정적인 방향으로 되돌리면 저절로 사라진다.

신과학 시대의 도래와 함께 종래의 의술로는 한계에 직면한 난치병에 대해 새로운 대체요법이나 비방(秘方)들이 소개되고 있다. 어떠한 비책이라도 그것이 물질과 정신을 분리하고 물질에 대한 물질로서의 접근 방식인 이상 '한계'는 불가피할 수밖에 없다. 의식에 대한 의식으로서의 의식적 접근이야말로 문제의 근원적 해결책임을 다시한번 강조하지 않을 수 없다. 우리 모두는 스스로를 치유하는 의식 치유자들이다.

담배에 대한 거부감 때문에 담배 중독자가 되어버린 사법고시를 준비중인 30대 초반의 남자의 경우를 보자.

그는 겉으로 볼 때는 아무 문제가 없는, 외모도 아주 준수한 청년이었다. 나와 상담을 한 그는 담배만 끊을 수 있으면 아무것도 바랄게 없다며 도움을 청했다. 나는 담배를 언제부터, 하루에 얼마나 피우는지 물어보았다. 대학교 2학년 때부터 피우기 시작했는데 하루에 한 갑 정도라고 했다. 담배를 피움으로써 어떤 문제가 생겼는지도 물어보았다. 그는 특별한 문제는 없으나 아무튼 무조건 담배를 끊지 않으면 안 된다고 했다.

뭔가 숨겨져 있는 사연이 있음을 감지한 나는 담배를 끊어야 하는 그의 속사정을 알아내기 위해 그의 일거일동을 예의 관찰했다. 그는 이따금 밖에 나가 담배를 피우곤 했는데 담배를 피우러 나갈 때의 그의 태도는 누가 시켜서 억지로 피우는 듯한 모습이었다. 안절부절못하면서 역겨운 것을 마지못해 억지로 먹는 듯한 표정으로 담배를 피웠다.

그는 담배를 정말 피우고 싶어서가 아니라, 담배를 피우고 싶지 않아 담배를 피우는 듯했다. 그는 연기를 많이 빨아들이지도 않았다. 담배를 피우는 동안에도 몹시 초조해 보였다. 나는 담배를 피울 때마다 따라나가 그와 함께 담배를 피웠다. 나는 그에게 이왕 담배를 피울 바에야 기분좋게 맛있게 피우자고 말했다. 우선 담배에 대한 거부감부터 떨쳐내려는 의도에서였다. 나는 그가 담배를 피우지 않을 때도 그에게 담배를 피우러 나가자고 불러내곤 했다.

그는 담배를 끊기 위해 모든 방법을 다 동원해 보았다고 했다. '금연학교'라는 곳에도 가보았지만 결국 담배를 끊는 데 실패하고 말았다. 나는 그가 '담배를 피우면 암에 걸린다'는 생각을 갖고 있음을 알아챘다. 그가 그런 생각을 갖게 된 연유는 아버지가 폐암으로 돌아가셨는데, 아버지를 비롯해 가족들이 그 원인이 담배 때문이라고 단정을 내렸던 것이다. 그의 아버지는 임종 순간에 아들의 손을 잡고 '담배를 끊어라' 하는 유언을 남겼던 것이다. 남은 가족들 모두 그가 담배를 끊지 못하는 한 언젠가는 아버지처럼 폐암에 걸릴 것이라고 믿게 된 것이다. 아버지가 돌아가실 즈음에는 하루에 열 개피 정도로 중독된 상태는 아니었고, 자신도 건강을 해칠 정도가 아닌 이상 오히려 스트레스 해소에 도움이 될 수 있다고 생각했다는 것이다.

그런데 어머니를 비롯한 가족들은 담배에 대한 거부감이 더욱 커진 나머지 아직도 담배를 끊지 못한 그를 니코틴 중독자로 몰아 정신과 치료까지 받게 했다는 것이다. 그때부터 그도 담배에 대한 두려움이 점점 커지게 되었는데 막상 담배를 끊어야겠다고 생각하면 할수록 담배에 끌려들어가 오히려 담배를 피우지 않을 수 없는 지경에 이르게 되었던 것이다.

나는 그에게 근 50년 동안 하루 세 갑 이상씩 담배를 즐기면서도 여든 살이 되셨는데도 여전히 건강하신 나의 아버지 얘기를 들려주었다. 그는 그때부터 자신의 현실이 어떤 배경에서 만들어졌는지 이해하기 시작했다. 그는 스스로 담배에 대한 저항감을 해소하기 시작했다. 이렇게 6일쯤 지날 무렵, 그는 식사 후에 재미로 피우는 정도로 그 횟수가 줄어들었다.

그는 나에게 담배 한 개피를 권하면서 이렇게 말했다.

"담배에 저항하면 할수록 마치 발버둥칠수록 더 깊이 빠져 드는 늪 속에 빠져 든 것처럼 담배에 먹혀들었던 것 같아요. 그동안 괜히 죄

없는 담배만 미워한 것 같습니다. 이렇게 맛있게 안심하고 담배를 피우기는 처음입니다."

나와 작별하던 날 그는 내가 권하는 담배를 사양하면서 "담배 너무 좋아하지 말라"고 농담을 건넸다. 그의 밝은 얼굴에는 미소가 가득했다.

# 두려움의
# 껍질 벗겨보기

이 연습은 당신이 저항하고 있는 현실 상황을 놓고 저항의 뿌리인 두려움의 정체를 밝혀내기 위한 것이다. 연습을 하고 도움말을 읽어라.

당신이 계획한 대로 꼭 그렇게 되어야만 할 일 한 가지를 염두에 두고, 만약 그 일이 당신의 바람대로 되지 않을 경우에 당신은 어떤 두려움과 직면하게 될지를 다음 물음에 계속 답해가면서 살펴보라. 중간에 포기하지 말고 당신의 두려움의 알맹이가 드러날 때까지 끝까지 적어 보라. 첫째 물음의 보기를 참조하여 실제 당신의 현실 상황을 첫 물음으로 설정하라.

• 상황(첫 물음) : 이러저러한 일이 실제로 벌어진다면, 당신은 어떤 일이 일어날까 봐 두려워합니까?

**보기**

**물음** 금년 9월까지 이민 수속이 순조롭게 완료되지 못하는 일
이 실제로 벌어진다면 당신은 어떤 일이 일어날 것을 두려워
하는가?
**답** 아이들의 학교 입학이 차질을 빚고 당분간 머물러야 할 집
을 마련해야 하는 것.


**물음** 그 일이 일어나면 당신은 또 어떤 일이 일어날까 봐 두렵지
요?
**답**


**물음** 그 일이 일어났다면 또 어떤 일이 일어날까 봐 두렵지요?
**답**


**물음** 그 일이 일어났다면 또 어떤 일이 일어날까 봐 두렵지요?
**답**


**물음** 그 일이 일어났다면 또 어떤 일이 일어날까 봐 두렵지요?
**답**

물음 그 일이 일어났다면 또 어떤 일이 일어날까 봐 두렵지요?
답

물음 그 일이 일어났다면 또 어떤 일이 일어날까 봐 두렵지요?
답

물음 그 일이 일어났다면 또 어떤 일이 일어날까 봐 두렵지요?
답

물음 그 일이 일어났다면 또 어떤 일이 일어날까 봐 두렵지요?
답

물음 그 일이 일어났다면 또 어떤 일이 일어날까 봐 두렵지요?
답

물음 그 일이 일어났다면 또 어떤 일이 일어날까 봐 두렵지요?
답

물음 그 일이 일어났다면 또 어떤 일이 일어날까 봐 두렵지요?

답

물음 그 일이 일어났다면 또 어떤 일이 일어날까 봐 두렵지요?
답


**도움말**

당신은 이 연습을 통해 당신이 가장 두려워하고 있는 것이 무엇임을 알았을 것이다. 또한 당신이 창조한 그 두려움에 스스로 저항하게 만드는 원인으로 작용한, 억눌린 채 깊이 감추어져 있는 확신이 있었을 것이다. 그것을 찾아보라. 이 믿음이 바로 당신의 고정관념의 뿌리이다. 그 믿음이 뿌리째 뽑혀 연기처럼 사라지는 모습을 그려 보라. 그리고 그것을 스스로 만들어, 스스로 느껴 경험한 창조자인 당신 자신을 축복하라.

# 혼불에
# 두려움 태우기

1. 아직 미해결 과제로 남아 있거나 성취하지 못한 일들을 떠올려 보라. 그것이 해결되지 않거나 이뤄지지 않을 경우 예견되는 일들과 그것으로 야기되는 두려움에 얼나의 불빛을 비추라. 그 두려움이 사라지고 있음을 느껴보라.

2. 당신의 육신이 죽음을 맞이했을 때를 상상해 보라. 당신의 죽음과 주검을 보고 슬퍼하는 사람들에게 당신의 얼의 불빛을 비추라. 이제 그 불빛마저 사라진 고요, 그것과 함께 있어라.

# 3. 고질화된 현실

삶 속에는 떨쳐버릴 수 없는 고통을 수반하면서 끈질기게 지속되는 원치 않는 현실도 있다. 이렇게 고질처럼 되어버린 현실은 앞에 제시된 '뿌리생각 찾기' 연습을 활용하여 자신의 의식 속에 오랫동안 감추어져 있었던 뿌리생각을 찾아내야 한다. 그러면 담배 중독 청년처럼 뿌리와 같은 믿음이 어떻게 생겼는지 기억 속에서 스스로 찾을 수 있을 것이다.

고질적인 현실들은 이 책에 제시된 '명상 연습'들을 생활화함으로써 자연스럽게 사라지게 할 수 있다. 그 어떤 삶의 문제이든 간에 그것들은 참나로서의 당신이 만든 당신 자신의 것이다. 그러므로 그런 현실에 직면하더라도 이 사실을 상기하고 참나의 입장에서 그것을 감싸주면, 그것은 당신의 사랑에 녹아 창조 에너지로 환원될 것이다.

우리는 주변에서 이런 문제들로 고통받는 사람들을 너무나 많이 보게 된다. 그들은 자신의 의지로도 어쩔 수 없다고 체념한 채 병원 문을 두드리거나, 어떤 종교적 의식(儀式) 또는 이른바 초능력자 등에 매달린다. 그들은 어쩔 도리 없이 이런 선택을 하지만 남의 힘에 전적으로 의존하는 것은 일시적 효과는 있을지 몰라도 얼마 가지 않아 그 문제들은 또다시 삶 속으로 찾아든다. 그것을 자신의 것으로 인정하고 사랑으로 품어줄 때까지 자신을 떠나지 않을 것이다. 먼저 그 문제에 대해 가지고 있는 자기의 관점(신념)부터 살펴보아야 한다. 자기 자신도 모르게 속에 감추어져 있었던 그와 같은 확신을 찾아내었을 때 비로소 스스로 그것을 다룰 수 있을 것이다.

20년 이상 극심한 공포증(공황장애)에 시달려오다 마침내 거기에서 벗어나 정상을 되찾은 치유 사례가 있다. 이 사례는 이 책을 집필하는 동안 일어난 일이라 필자로서는 더욱 감회가 새롭다.


이야기의 주인공은 브라질 교포인 37세의 남자이다. 그는 5세 때 부모님을 따라 그곳에 이민했다. 아버지는 사업가로 크게 성공하여 지금은 리오데자네이로에 살고 있다. 두 아들 중 막내인 그가 정신병 환자(?)가 된 것은 그의 나이 14세 때였다.

어느 날 그는 부모님과 이웃에 사는 교민 가족들과 함께 해변 축제에 가서 또래 아이 세 명과 함께 물놀이를 하였다. 그러던 중 갑자기 파도가 밀려오는 바람에 모두 파도에 휩싸여 바닷속으로 빨려들고 말았다. 순식간에 일어난 일이었다. 해변에 있던 부모들도 손 쓸 틈이 없었다.

다행히 그를 포함한 세 명은 실신 상태로 파도에 다시 떠밀려 와 간신히 목숨을 건졌으나 나머지 한 명은 익사하고 말았다. 그는 파도에 휩싸이는 동안 혼비백산 겁에 질리기도 했지만, 그보다 친구의 시신을 처음 보고 너무나 큰 충격을 받았다.

그 이후 그는 시름시름 앓기 시작했다. 그때의 기억이 자꾸만 되살아나는가 하면 간헐적으로 엄습하는 죽음에 대한 공포와 악몽에 시달려야만 했다. 그렇게도 생기발랄했던 아이의 얼굴에 어두운 그림자가 드리워졌다. 병원 치료는 물론, 어머니의 극진한 사랑이 있었지만 별 차도가 없었다. 약의 힘으로 증세가 좀 완화되는 듯하다 며칠이 지나면 다시 악화되는 일이 반복되었다. 이런 악순환의 와중에 고등학교까지 다니긴 했지만 그에게는 정신병자라는 꼬리표가 붙어 있었다.

그는 병원에서 처방해 준 약에만 의존한 채 친구들과도 잘 어울리지 못할 뿐 아니라, 초점 잃은 멍한 눈으로 허공을 바라보며 소일했다. 풍요롭고 화목했던 집안 분위기도 그로 인해 침울하고 어두워져 갔다.

무뚝뚝한 성격의 아버지는 가끔 '아이를 너무 심약하게 키운 탓'이라며 어머니를 질책했다. 사업관계로 해외 출장이 잦았던 아버지가 집에 계실 땐 야단이라도 맞을까 봐 노심초사하면서 아버지를 점점 두려워한 나머지 아버지와의 대면을 피했다.

그는 부모님의 주선으로 종교 재단이 설립하여 치유 프로그램을 운영하는 미국 대학에 유학하여 기숙사 생활을 했지만, 6개월이 못 돼 브라질로 되돌아 와야만 했다. 영어도 미숙한 데다, 기도와 채식 위주의 그곳 방식에 잘 적응이 되지 않았던 것이다. 브라질에 돌아온 그는 옛날에 다니던 병원을 다시 찾아갔다. 의사는 그의 병이 더 악화되었다며 약을 처방해 주었다. 그는 무료함을 달래기 위해 부모님이 하는 옷가게에 나가 일을 했는데, 여전히 간헐적으로 엄습하는 공포와 환상에 휩싸여 고통을 받았다. 거기에다 음식도 육식 위주로 폭식을 하게 되면서 몸도 점점 비대해져 갔다.

이런 나날을 보내던 중 그는 친척의 소개로 서울 출신의 처녀와 결혼을 했다. 당시 신부는 남편의 상태를 그렇게 심각하게 받아들이지 않고 곧 회복될 것으로 믿었다. 두 딸을 얻었으나 그의 증세는 별 차도가 없었다. 그는 자신도 모르게 딸 아이가 교통사고가 나서 죽을지도 모른다는 생각에 딸을 지키기 위해 유치원 건물 밖에서 딸을 기다릴 정도로 증세가 심했다. 그러던 중 그는 필자의 이야기를 전해 들은 어머니의 제의로 오랜만에 다시 모국땅을 밟게 된 것이다. 아버지도 동행했다.

나는 그들에게 이 책 앞에서 소개한 자폐아 치유 프로그램(선라이즈 프로그램)에 관한 이야기를 들려줬다. 조건 없는 순수한 사랑만이 그를 도울 수 있는 치유력임을 확신한 부모님은 새로운 각오로 나와 함께 아들 돕기에 나서기로 한 것이다. 그를 환자로 보지 말자는 나의 제의에 공감한 부모들도 별도로 필자의 프로그램에 참가하기로 했다.

나는 '있는 그대로 살펴보기' 관찰법을 기본으로 그의 의지를 일깨울 수 있는 특별 프로그램을 마련하고 그를 안내했다. 나는 그가 스스로 오랫동안 복용해 온 약을 끊을 수 있게 될 때가 회복의 분수령이 될 것으로 예견했다. 시간이 지나면서 그는 서서히 어쩔 수 없이 공포에 사로잡히고 마는 어린애 같은 자신과 그것을 달래줄 수 있는 어른인 또 다른 자신이 있음을 깨닫기 시작했다. 공포가 엄습해 올 때마다 마치 어린아이를 토닥거려 줄 때처럼 '괜찮아, 괜찮아' 하면서 자기를 달래나갔다.

열흘 쯤 지나자 그는 내가 예측한 대로 20년 이상이나 복용해 온 약을 '어제 저녁에는 먹지 않았다'고 말했다. 나는 그의 표정에서 변화를 읽을 수 있었다. 그렇게 많이 피우던 담배도 현저히 줄어들었다. 나는 모든 것을 스스로 느껴 결정할 수 있도록 그를 있는 그대로 느끼면서 자기의 무의식적인 행동을 스스로 알아차리고 교정할 수 있도록 오직 스스로를 돕는 그를 뒷바라지하는 데 최선을 다했다. 그의 세계 속으로 기꺼이 들어갔던 것이다.

그러는 동안 감정의 앙금이 남아 있던 아버지와 극적인 화해도 이루어졌다. 나는 그에게 '약을 먹고 싶으면 언제라도 다시 먹어도 괜찮다'고 안심시켰다. 모든 것을 자기 의지로써 스스로 결정할 수 있는 힘을 일깨우기 위해서였다.

2주일이 가까워지자 그는 누가 보아도 '정상'으로 느껴질 정도로 스스로 자신의 참모습을 되찾게 되었다. 프로그램을 마친 그는 부모님과 함께 제주도 여행을 한 후 작별 인사차 나의 사무실에 들렀다. 어디에서도 '환자' 티를 찾아볼 수 없었다.

나는 그에게 하루 단위의 생활관리 프로그램을 상기시키고 브라질에서도 이를 꾸준히 지속하도록 당부했다.

# 용서로
# 온전함 되찾기

이 연습은 부모를 비롯한 인간관계의 갈등에서 빚어진 마음의 상처를 용서와 화해를 통해 스스로 치유하기 위한 것이다. 연습을 하고 도움말을 읽어라.

1. 한적하고 방해받지 않는 혼자 앉아 있을 공간을 확보하라. 편안히 앉은 상태에서 어릴 적 부모로부터 입게 된 당신의 기억 속에 남아 있는 마음(감정)의 상처를 떠올려 보라. 그리고 당신 앞에 놓여 있는 한 물체(나무, 바위, 흙더미 등)를 당신에게 상처를 준 사람(부 혹은 모)으로 여기고 무엇이든 당신이 하고 싶은 말을 가슴이 후련해질 때까지 털어놓아라. 그리고 그 모두가 지금 여기 있는 당신의 성장을 위한 것임을 자각하고 당신의 '얼나'인 그들에게 감사와 축복을 보내라.

2. 그런 다음 당신에게 상처를 준 또 다른 사람들(미워하는 사람, 갈등을 겪고 있는 사람 등)을 한 사람씩 떠올리면서 그들이 결국 당신이 당신 자신을 사랑할 수 있도록 도와준 역할을 했음을 인정하고 그들과 화해하라.


3. 당신이 자신 속에 숨겨놓고 있는 비밀이나 당신이 후회하는 것, 가책을 느끼는 일, 또는 당신이 마땅히 해야 할 것을 못했거나, 하지 말아야 할 것을 한 일, 당신 자신에 대한 불만이나 아쉬움 등을 느껴보라. 아직껏 용서하지 못하고 있는 당신 자신을 용서하라.


**도움말**

자기가 보는 것은 자기의 반영이다. 자기가 저항하는 사람은 자신에 대한 자기의 일그러진 생각들이 비춰진 왜곡된 자화상이다. 진정한 화해는 자신과 모든 것이 하나라는 자각과 이해로서 맘나의 상처가 치유됨으로써 얼나와 하나가 되는 것이다.

# 4. 스트레스의 주범은 집착

　살아가면서 주로 환경과의 마찰로 생겨나는 이른바 스트레스는, 스트레스 자체보다 그것을 잘못된 것, 또는 나쁜 것으로 낙인찍고 거부감을 갖는 의식 자체가 더 문제이다.

　스트레스는 항상 이 일은 반드시 이렇게 되어야만 한다는 식으로 자신이 생각할 때 일어난다. 어떤 일을 조종하여 자기가 바라는 쪽으로만 몰아부칠 수 있다는 것이 바로 생각의 함정이다. 단순한 스트레스란 거의 없다. 왜냐하면 하나의 새로운 일이 벌어지면 당장 인상으로 남은 옛 기억이 되살아나서 우리가 예상하는 종류의 스트레스를 유발하기 때문이다. 어떤 경험에 대한 자기의 반응은 기억 속에 투사되어 인상으로 남고, 새로운 상황에 대한 우리의 반응은 언제나 과거의 경험이 남긴 인상들로 채색되어 버린다.

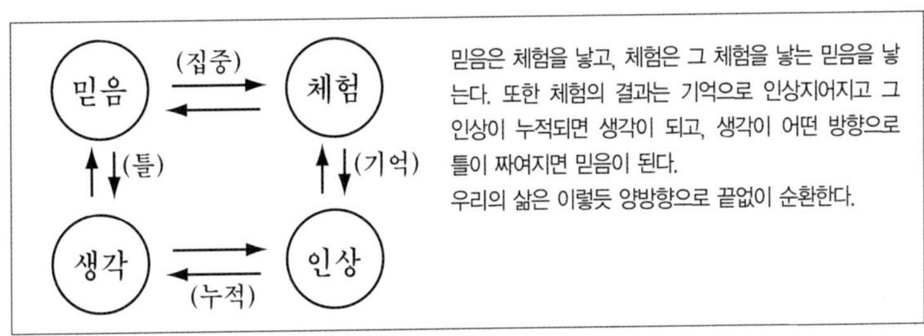

때문에 이러한 과거의 인상들이 누적됨으로써 만들어진 생각과 믿음들을 찾아내는 것이 스트레스의 원천적 치유책이다. 그렇지 못하면 스트레스의 포로가 되어 통제력을 가질 수 없기 때문이다. 스트레스에 대한 기억이 없으면 스트레스도 없을 것이다. 기억은 어떤 것이 우리를 두렵게 하고 화나게 하는지를 지시한다. 우리는 도리 없이 짜증만 났던 지난 일을 너무 비슷하게 떠올리게 하는 상황을 만날 때 어쩔 도리 없이 짜증이 난다.

똑같은 조건에서 받는 외부의 자극에 대해서도 어떤 사람에게는 스릴 만점의 즐거움이 되는가 하면, 또 다른 사람에게는 공포의 고통이 될 수 있다. 스트레스는 우리 삶의 원동력인 욕망과 저항이 원인이다. 욕망과 저항은 무엇에 반응하는 맘나의 모습이다. 욕망과 저항은 둘 다 바라는 마음이다. 욕망은 있기를 바라는 마음이고 저항은 없기를 바라는 마음이다. 이 둘은 찬 물과 더운 물처럼 같은 에너지의 다른 수준이다. 욕망과 저항이 지나칠수록 고통 또한 이에 비례한다. 고통이 커질수록 스트레스도 심화된다. 마음인 맘나는 변화와 상실, 그리고 죽음을 두려워한다. 이것이 모든 저항의 근원이다. 몸인 몸나는 그 저항을 스트레스로 옮겨놓는다. 스트레스는 또 인간관계의 갈등으로 인해 빚어지기도 한다.

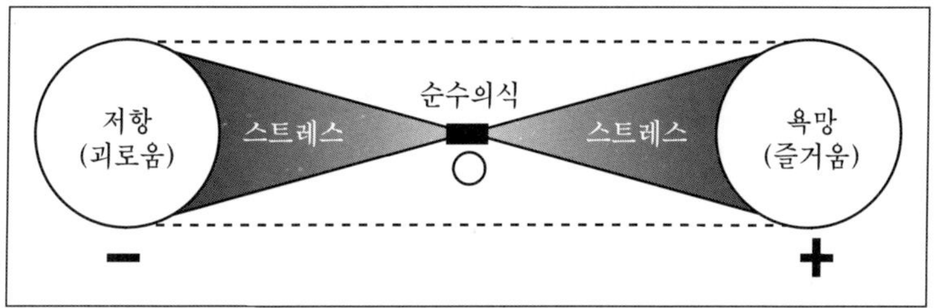


　인간관계의 갈등에서 생기는 스트레스 역시 '좋다/싫다'라는 판단 때문이며, 이와 같은 판단은 고정관념으로 불리는 바탕 의식에서 나온다. 의식의 바탕에 깔려 있는 받침 생각은 이원론에서 비롯된 '나는 몸이다'라는 분리 의식이다. 참나의 존재 차원에서 보면 '나'와 '너'라는 분리의 환상이 있을 수 없다. 남이란 결국 자신의 다른 모습에 불과하다.

　고정관념은 의식 성장의 가장 큰 걸림돌이다. '성인군자도 제 잘못은 모른다'는 격언은 누구든 자기의 허물에는 둔감할 수밖에 없음을 지적한 말인 동시에, 자기 생각만 옳은 줄 아는 편견을 경계하는 말이기도 하다. 고정관념은 대개 주입받은 믿음들이다. 자기가 주입받은 믿음을 자기도 모르게 남들에게 주입하려 든다. 특히 이데올로기나 종교적 신념의 차이로 빚어지는 투쟁과 갈등은 인간의 집단화된 고정관념이 얼마나 어처구니없는 비참한 일들을 만들어낼 수 있는지 적나라하게 보여주고 있다.

고정관념은 의식의 창조적 흐름 속에 많은 장애물을 만들 뿐 아니라, 우리를 타인들로부터 분리되어 있다고 느끼게 만듦으로써 우리로 하여금 같은 일을 되풀이하게 한다.

'내가 옳다고 여기는 방식도 그저 하나의 방식일 뿐 다른 방식보다 낫지 않다. 우리 모두는 하나다.' 참나인 우리는 이것이야말로 세상을 하루아침에 바꿀 수 있는 방법임을 알고 있다.

# 원한 풀기

눈을 감고 편안히 앉은 다음 깊이 잠든 당신의 모습을 상상하라.

당신은 이런 꿈을 꾸는 자신을 지켜보고 있다.

비바람이 퍼붓는 가운데 급류 속에 배 한 척이 떠내려가고 있다. 그 배 안에 탄 사람들이 살려달라고 아우성을 치고 있다. 그 사람들 중 한 사람이 당신의 시야에 들어왔다. 그 사람은 바로 당신이 가장 미워하고 원한을 품고 있는 바로 그 사람이다.

또 한 사람이 당신의 시야에 들어왔다. 그 사람은 바로 당신 자신이었다. 당신이 원한을 품고 있는 그 사람과 당신 자신을 번갈아 바라보는 순간, 배는 뒤집히고 둘은 순식간에 급류 속으로 빠져들어 사라져 버렸다. 당신은 물끄러미 이 광경을 그저 지켜보고만 있다.

　장면이 바뀌어 고요하고 잔잔한 호수 위에 떠 있는 배가 보인다. 한 사람은 노를 젓고 있고 또 한 사람은 호수 주변 경치를 경이로운 눈으로 바라보고 있다. 그 사람은 바로 아까 당신과 함께 풍랑 속에 사라졌던 당신이 가장 미워하고 원한을 가졌던 바로 그 사람이었다. 노를 젓는 사람은 역시 당신 자신이었다. 이번에도 당신은 물끄러미 그저 그 광경을 바라보고만 있다. 그 순간 당신은 이것이 꿈임을 알게 되었다.

　당신은 그것을 알아차린 당신 자신을 지켜보고 있다.

# 5. 인간관계의 갈등과 감정

　인간관계 갈등의 시발점은 가족 관계이다. 가족은 한 다발의 감정이기 때문에 아주 사소한 일로도 서로 감정적 상처를 받기 쉽다. 무촌인 부부 간에서 비롯된 감정의 이음줄은 일촌인 부모와 자식의 관계로 연쇄 고리를 형성하면서 암암리에 감정적 상처를 유산으로 남긴다. 감정의 원형은 시소의 양극과 같은 사랑과 두려움이다. 그러나 두려움은 사랑의 그림자일 뿐 실재하는 것은 사랑뿐이다. 인간의 모든 감정은 여기에서 비롯된다. 감정은 적절한 발산을 필요로 하는데, 특히 두려움에 뿌리를 둔 부정적인 감정이 억압될수록 그 강도가 높아져 폭발한다. 서러움과 슬픔이 억압되면 만성 우울증으로, 또 억눌린 노여움은 분노로 폭발한다. 그리고 속으로 웅크리고 있는 표출되지 않은 분노가 죄의식이다.

　적절히 발산되지 못한 부러움은 질투를 일으키게 하고, 두려움은 공포로 증폭된다. 그리고 억눌린 사랑의 감정은 편집광적 소유욕을 불러일으킬 수 있다. 분노나 근심, 죄의식, 그리고 우울증은 감추어진 마음의 상처가 된다.

　특히 어릴 적에 이러한 감정들이 적절히 발산되지 못하게 되면 그러한 감정적 상처들이 청·장년기를 거치는 동안 각종 심신질환을 일으키게 한다. 이 밖에도 근심·걱정·고민·염려 등으로 이름 붙여진 변형된 감정들은 마음(맘나)이 자신과 참나와의 연관성을 이해하지 못할 때, 다시 말해 참나에 대한 무지 때문에 보여주는 맘나의 행동이라 하겠다.

그 중에서도 인간관계의 갈등에서 비롯된 미움은 가장 위험스런 정신상태로 증폭된 걱정인 두려움과 선언된 두려움인 분노와 함께 몸에 독을 퍼뜨린다. 분노는 인간관계 개선의 지표가 된다. 인간관계 변화의 정도는 분노의 빈도로 측정할 수 있다. 사람들은 흔히 변화를 추구하는 자신을 정당화하는 수단으로 분노를 사용하고, 분노하는 자신을 정당화하는 수단으로 비판을 사용한다. 그리고 자신의 심판을 정당화하기 위해 굳이 상처를 들춰내곤 한다. 다수가 인간관계를 이런 식으로 끝낸다.

이 밖에도 이러한 감정에서 파생된 불안·초조·애달픔·탐욕·불친절·심판하기·비난·자만심·방종·욕심 등등의 감정의 파편들도 우리의 건강을 위협하는 독소들이다. 마음을 다스린다는 것은 결국 감정을 잘 조절함을 뜻한다. 인생에 실패한 대다수는 감정 조절에 실패한 것이다.

부모와의 심각한 갈등 사례를 보도록 하자. 이 사례는 어릴 때 부모로부터 받은 감정적 상처 때문에 직장에서 상사와의 마찰로 인해 직장을 여러 번 옮기지 않을 수 없었던 50대 중반의 전문직 임원(남)

의 이야기다.

삼형제의 둘째로 시골에서 태어난 그는 형제 중에 공부를 제일 잘
하는 우등생이었다. 그런데 초등학생이었던 어느 날 추석 명절 때 어
머니는 형과 아우에게만 새 옷을 사주고 자신에게는 입던 옷을 그냥
입으라고 하였다. 도무지 받아들일 수가 없었다. 어머니에게 옷을 사
달라고 울면서 애원했지만 허사였다. 이 일로 마음이 상하게 된 그는
어머니와 아버지를 증오하기 시작했다. 그는 아버지마저도 두 아들
만 좋아하고 자기는 미워한다고 생각했다.

시골에서 고등학교를 졸업할 때까지도 부모에 대한 그의 마음은
비뚤어져 있었다. 형은 일찍 결혼해 농사를 지으며 부모를 모시고,
그는 서울에 있는 대학에 진학하게 되었다. 그는 형님과 아우마저도
미워하게 됐다. 학비를 대줄 형편도 못 되었지만 그 역시 바라지도
않았다. 대학을 다닐 땐 가정교사 노릇을 하면서 아예 부모님과 연락
을 끊어버린 것이다. 그는 아예 인연을 끊겠다고 생각했다.

그는 명절 때는 물론, 방학중에도 부모님을 찾아뵙지 않았다. 그리
고 결혼 소식도 알리지 않았다. 그는 직장에서 능력을 인정받아 승승
장구 출세가도를 달렸다.

그는 자기의 비뚤어진 마음을 바로잡아보려고 스스로도 무진 애를
썼다. 종교를 찾았고 많은 심신수련법도 섭렵했다. 자신을 스스로 구

해야 한다는 생각에서였다. 그런 외중에서도 직장 상사와 심한 갈등을 빚게 되었다. 급기야 술좌석에서 상사를 폭행하는 사고를 일으켜 직장을 옮기지 않을 수 없었다. 새로 옮긴 직장에서도 마찬가지였다. 그는 자기를 인정해 주지 않고 조금이라도 자기를 질책하는 상사에 대해 앙심을 품은 것이다. 평소에는 이성으로 어느 정도 자신을 통솔할 수 있었지만, 술자리에서 폭발하는 감정에 대해서는 속수무책이었다.

이런 일로 여러 번 직장을 옮기게 된 그는 마음을 바로잡기 위해 온갖 노력을 다 하였다. 이 같은 노력으로 어느 정도 마음의 안정을 찾게 되었다. 술자리가 있어도 과음하는 일은 없었다. 그는 자기와 원수지간이 되어버린 옛 상사들을 한 사람씩 찾아가 용서를 빌었다. 그들은 서로 화해의 악수를 나누었다.

평정을 찾은 그는 부모님과의 화해를 시도했다. 그러나 아무리 애를 써도 부모님 앞에 엎드릴 용기가 나지 않았다. 마치 처음 고공낙하 훈련을 하는 병사처럼 몇 번이나 부모님을 향한 발걸음을 되돌리고 말았다.

이런 상황에서 나와 인연을 맺게 된 것이다. 나는 오직 그를 있는 그대로 살펴보기의 자세로 그의 의식이 스스로 열리도록 지켜보기만 했다. 나와 함께 하는 시간이 끝나던 날 그가 갑자기 울음을 터뜨리며 절규하듯 외쳤다.

"어머니, 아버지 용서해 주십시오!"

그는 통곡했다. 그가 무엇 때문에 통곡하는지는 몰랐지만 그의 애틋한 느낌이 나에게도 전해져왔다. 나도 그를 부둥켜 안은 채 실컷 울었다. 그날 이런 사연을 나에게 털어놓았던 것이다. 그는 그 길로 부모님을 찾아갔다. 실로 20년 만에 갖는 뜨거운 가족 상봉이 이루어진 것이다.

지금쯤 부모님의 어깨를 주물러주고 있는 그의 모습을 상상해 본다. 어려운 살림에 맏이나 막내에게만 옷을 사줄 수밖에 없었던 어머니의 한(恨)은 이렇게 뒤늦게 철든 아들의 손길로 눈녹듯 사라졌으리라.

# 마음의
# 상처 치유하기

당신의 기억 속에 간직된 감정적 상처에 대한 관점을 바꿈으로써 상처를 스스로 치유할 수 있도록 돕기 위한 연습이다.

1. 다음은 당신의 원치 않는 현실인 부정적 감정과 그에 파생된 느낌들이다. 열거한 단어를 보면서 무엇이든 연상되거나 어떤 형태로든 일어나는 반응을 적어보라.

① 염려

　불확실성

　의심


② 걱정, 근심

불안, 초조


③ 욕심
　자만심
　방종
　비판(심판)
　불친절


④ 두려움(공포)
　슬픔, 서러움(우울)
　부러움(질투)
　욕심(탐욕)
　죄의식, 절망감


2. 위에 나열한 것 중 당신의 삶 속에서 자주 직면하게 되는 것은 무엇인가?

3. 당신이 매우 심각한 상태로 느끼고 있는 것은 무엇인가?

4. 위에 적은 것, 특히 ④에서 당신의 기억 속에 가장 큰 마음의 상처로 남아 있는 것은 무엇인가?

① 그것에 대해 당신이 지금까지 가져온 관점은 무엇인가?

② 만약 그와 같은 관점이 그것에서 벗어나는데 아무런 도움이 되지 않는다면, 당신은 어떤 관점을 가지고 싶은가? 지금까지 가져왔던 당신의 관점을 '있는 그대로 살펴보기'로 다루고, 새로운 신념을 지어내라.

# 6. 행복과 풍요의 삶은 참나로서 사는 것

자신의 감정을 느끼고 경험하는 것보다 중요한 것은 없다. 자신의 모습 중 가장 꾸밈 없는 부분인 감정은 세상과 관계를 맺는 자기 의식의 가장 원초적인 표현이며, 인간관계에서 자기를 비춰주는 거울이다. 의식적으로 있는 그대로 살펴보는 것, 즉 의식의 집중은 마음의 상처와 스트레스로 인한 고통으로부터 해방을 유발하는 치유력이다. 고통, 그것을 의식적으로 지켜볼 때 자기도 모르게 습관적으로 나오는 비난이나 도피, 거부감에 휩싸이지 않고, 그 고통을 관조하게 된다. 이러한 관조 속에서 비로소 통찰이 가능해진다. 만일 자기 마음의 상처에 빠져버리면 그 뒤에 숨겨져 있는 원인을 보지 못하게 된다. 과거의 상처를 건드리지 않고는 누구도 지금 자신에게 상처를 주지 못한다. 어떤 사건도 자신에게 상처를 입힐 만한 힘은 없다. 정신적 상처는 자기의 마음속에서 판단, 즉 해석이 가해질 때 생긴다.

우리는 이와 같은 해석을 초월하여 순수하고 때묻지 않은 의식상태로서 자신을 관조하는 '참나'로 살아갈 수 있다. 감정적 상처를 가슴속에 품을 수 있을 때 고통 속에서도 더욱 편안해질 것이다. 왜냐하면 고통을 풀어놓는 능력이 점점 더 커지기 때문이다. 그렇게 되면 자신의 다른 모든 감정에 대해서도 편안하게 느끼게 될 것이다.

또한 자신이 감정적 동요 없는 마음 상태를 유지한다는 것은 다른 사람의 감정에 의식적으로 반응하지 않음으로써 거기에 말려들지 않음을 뜻한다. 상대방에게 상처를 줄 힘과 권한을 주지 않는 한 어느 누구도 자신에게 상처를 입게 할 수 없다. 우리는 고통을 만들어낼 수 있는 힘이 있듯이 그것을 없애버릴 수 있는 힘도 지니고 있다. 이 힘으로 우리는 과거의 고통과 감정을 다스릴 권한을 되찾을 수 있다. 그렇게 되기 전까지는 자신의 감정은 다른 사람들의 변덕스런 감정의 노리개가 될 것이다.

다른 사람과의 진정한 화해와 용서는 참나로서의 자신의 온전함을 되찾을 때만 가능하다. 참나인 자신에게 맘나의 상처를 풀어놓아 맘나가 얼나의 품에 안길 때 말이다. 따라서 남과의 진정한 화해는 결국 자기 자신과의 화해를 말한다. 모든 문제의 해결책은 자신과 남들에 대한 사랑이다. 나의 참모습인 얼나 하나하나가 그 자체로 사랑이므로 특별히 구원받을 얼나는 따로 없다. 그러므로 사랑을 주는 것은 얼나를 얼나 자신으로 되돌아가게 해주는 것이 된다.

우리는 삶의 과정 자체가 참나임을 안다. 참나가 바로 참행복을 누리는 삶의 과정이다. 신나게, 신명나게 참나로서 살기, 이것이 삶의 목적이다. 우리 모두는 참나를 숭배하는 참나이기에.

다음은 행복의 집에 드리워진 행복의 그림자를 참나의 빛으로 밝

혀 그것을 제거하고 앞으로 영원토록 안주할 행복의 집을 손수 가꿔

나가는 즐거움을 맛보기 위한 연습들이다.

# 마음대로
# 안 된 것에 감사하기

당신이 마음대로 되지 않아 몹시 속상했던 일을 찾아보라.
당신은 그 일로 인해 무엇을 얻고, 잃었는가? 그와 같은 교훈
을 얻은 당신 자신에게 감사하라.

# 감사와
# 축복 보내기


1. 산책을 하면서 당신을 지지하고 도와준 사람을 한 사람씩 떠올리라. 감사하는 마음으로 그들을 느껴보라.


2. 또한 산책을 하는 동안 당신의 관심을 끄는 대상(사람, 동·식물, 무생물)을 정하고 감사하는 마음으로 그들에게 축복을 보내라.

# 남에게 베풀기

당신의 삶에서 뭔가 부족하다고 느껴지는 것은 무엇인가? 삶에서 간절히 얻기를 원하는 것은 무엇인가? 바로 그것을 양보하고 싶은, 주고 싶은 사람을 떠올려 보고, 선물을 줄 계획을 세워보라.

만일 당신이 삶에서 특히 물질적 풍요를 느끼지 못하고 있다면, 풍요에 대한 자신의 확신을 표현하기 위해 다른 사람에게 줄 수 있는 것은 무엇인가? 그것을 그 사람에게 주라.

# 숨은 의도
# 찾아내기

최근 당신이 겪었던 돈과 관련된 불협화음이나 갈등에 대해 생각해 보라. 그 갈등이 생긴 이유 중에서 당신이 부를 충분히 누리지 못할 것이라는 두려움이 포함되어 있지는 않았는지? 그리고 그 두려움 속에 감추어져 있었던 자신의 숨은 의도를 찾아내라. 그리고 부정직했던 자신을 용서하라.

# 창조의
# 기쁨을 함께 나누기

당신과 창조의 기쁨을 함께 나누고 싶은 사람을 정하라. 당신은 그 사람이 진정으로 원하는 것이 무엇인지 알고 있을 것이다. 이 연습은 그 사람 스스로 원하는 현실을 만들도록 그 사람의 입장에서 도와주기 위해서이다.

- 허리를 펴고 눈을 감아라.

- 당신의 호흡에 주의를 기울여라.

- 당신이 도와주고 싶은 그 사람을 떠올리고 그 사람과 하나가 되어보라.

- '당신과 나는 하나입니다' 라고 속삭여 보라.

- 그 사람이 원하는 그것이 지금 여기 창조되어 있음을 감사하라.

- 그 사람이 원하는 그것이 창조되어 기뻐하는 모습을 그려보라.

- 그 기쁨을 당신과 함께 나누는 모습을 생생히 그려보라.

- 이제 당신의 호흡으로 주의를 옮겨라.

- 천천히 눈을 떠라.

# 자신을
# 인정하고 축복하기

우리는 지금까지 성취해 온 것을 인정하는 것을 금방 잊어 버리고 앞으로 성취하길 원하는 것에만 관심을 둔다. 우리 모두에겐 실패한 영역과 우리에게 맞지 않는 분야가 있게 마련이다. 그러나 그것이 아무리 하찮아 보이는 것일지라도 현재의 성공 또는 과거의 성공에 대해서 스스로 자신을 축복해 줄 수 있어야 한다.

이 연습은 새로운 목표를 성취하는 데 특히 효과적이다. 어떤 직업을 가지고 있든지 간에 자신의 능력에 대한 확신을 가질 수 있는 분야를 찾을 수 있다. 그러한 능력을 갖기 위해 열심히 노력한 것을 인정하라. 사람들이 자신이 한 일에 대해 칭찬하거나 찬사를 보냈던 일들을 생각해 보고, 지난 몇 년 동안 발전시키고 다듬어 온 자신의 장기를 인정하라. 그리고 자부심을 가져라. 잠시만이라도 자기의 마음을 과거에 이미 이룬 자신의 성공에 머물게 하라.

　1. 당신이 원하는 대로 그것을 이룩해 낸 경험 한 가지를 생각해 보라. 그것을 의도하여 실현되었을 때까지의 과정을 느껴보라. 그것을 이룩한 당신 자신에게 축복을 보내라.


　2. 과거와 현재의 자기 삶의 모든 분야에서 스스로 내세울 만한 자신의 강점들을 열거해 보라. 자기 자신에 대해 호감을 가질 근거들이 얼마나 많은가를 눈으로 볼 수 있도록 모든 것을 나열하라. 자기 자신에 대한 이러한 호감들은 자기가 성공할 기초를 닦아주는 성공의 파장을 낳는다.

# 풍요의식 기르기

풍요의식을 가지고 있는 사람은 어느 곳에서 무엇을 하든 풍요와 번영을 기대할 수 있고, 또 그것을 스스로 인정할 수 있고, 볼 수 있다고 여기는 마음가짐이 있다.

이와 반대로 결핍의식을 가진 사람은 삶의 풍요로움을 느끼기보다는 세상의 가난과 고난, 그리고 부족과 결핍에만 의식의 초점이 맞추어져 있다. 그는 이런 결핍의 색안경을 쓰고 세상을 보는 것이다. 어느 누구도 결핍의식으로는 돈을 벌 수도 없거니와 그의 마음도 항상 쪼들리기만 한다.

돈이 당신의 풍요의식을 좌우하는 것이 아니라 당신의 풍요의식이 돈의 흐름을 좌우한다.

당신은 풍요의식을 가지고 있는가, 결핍의식을 가지고 있는가?

　다음은 풍요에 대한 믿음을 기르기 위한 연습이다. 다음에 열거된 믿음들을 살펴보면서 거기에 대해 자기는 어떤 믿음을 가지고 있는지 찾아보라. 그리고 이러한 풍요의식을 자기의 잠재의식 속에 새겨넣어라.

| 풍요의식 | 결핍의식 |
| --- | --- |
| • 세상은 풍요롭다. | • 내게 돌아올 몫이 충분하지 않다. |
| • 삶은 즐겁고 보람있다. | • 내가 많이 가지면 누군가는 그만큼 손해를 보게 된다. |
| • 인생은 모험이다. | • 내가 승진을 하면 다른 사람이 탈락하게 된다. |
| • 인생은 풍요로우며 보람있다. | • 기회가 없다. |
| • 삶에 감사한다. | • 돈이 없다. |
| • 큰 성공이 기다리고 있다. | • 모든 것이 너무 비싸다. |
| • 내 삶의 모든 면에는 놀랍도록 많은 기회들이 있다. | • 삶은 고난과 문제들로 가득 차 있다. |
| • 많은 돈을 가지는 것은 좋은 일이다. | • 바라는 것을 얻기 위해서는 열심히 일해야 한다. |
| • 성공하는 것은 나의 의무이자 책임이다. | • 새로운 것을 시작하기는 늦었다. |
| • 내가 보는 모든 곳에는 성공과 풍요가 있다. | • 필요 이상 돈을 갖는 것은 착취이다. |

풍요의식은 많은 돈을 가지는 것은 좋은 일이므로 성공하는 것을 자신의 의무라고 믿는다. 개같이 벌어서 정승같이 쓰라는 속담이 있듯이, 많은 돈을 가지는 것은 주위의 어려운 사람들에게 자선을 베풀 수 있을 뿐 아니라, 다른 사람의 번영을 도울 수 있다. 먼저 자신이 돈이 있어야만 남에게도 베풀 수 있다. 자기가 도울 수 있는 데까지 도와 그들 또한 번영하도록 하는 것은 우리의 의무이자 책임이라고 할 수 있다.

결핍을 느낄 때일수록 우리 의식의 본래 상태인 우리의 풍요의식을 일깨워야 한다. 물질적인 풍요가 풍요의식을 낳는다는 믿음을 가져왔다면 이제 "풍요의식이 물질적 풍요를 낳는다"고 바꾸라. 그리고 지금 이 순간 삶의 풍요로움을 느껴보라.

또한 자기 삶의 모든 면에서 성공의 흔적을 찾아보라. 남의 부(富)와 성공을 질투하거나 적개심을 갖는 것은 결핍의식이다. 그런 사고방식은 자신의 풍요로움에 해를 끼치는 정신적인 독약이라 할 수 있다. 남의 성공한 사례를 대할 때마다 축복을 보내고 행복감에 젖어보라.

우리 자신과 우리의 가족, 친구, 그리고 우리와 인연을 맺
고 있는 모든 사람들을 위해서도 서로 우리는 성공할 의무와
책임을 가지고 있는 것이 아닐까.

# 풍요와
# 행복 나눠주기

만족스런 직업, 경제적 여유, 원만한 인간 관계 등 당신이 원하는 것이 모두 이뤄졌다고 상상하라. 그렇게 되었을 때, 당신은 세상 사람들에게 어떤 도움을 줄 수 있을지 생각해 보라. 당신이 아는 주변 사람들은 물론, 인류 전체가 행복과 풍요를 누리는 것을 꿈꾸어 보라. 그들에게 사심 없이 봉사하는 당신의 모습을 그려보라.

# 참나는
# 사랑임을 알기

다음 글을 그대로 옮겨 적으면서 그것을 적을 때마다 일어나는 당신의 반응도 함께 적어보라. 옮겨 적는 것을 열 번 하라.

"나는 아무것도 바랄 것이 없다.
나는 내가 창조자임을 믿을 필요가 없음을 안다.
나는 사랑 그 자체이며 행복의 근원이다."

　이 책은 필자가 의식과학적 자아탐사 프로그램으로 선보인 '참행복 어울마당'의 안내서이자, 글로 된 교재로 사용하기 위해 만든 것이다.

　과문하고 지혜가 부족한 필자가 이와 같은 프로그램을 의도하면서 우선적으로 고려한 점은 프로그램 참가자의 시간과 비용에 대한 부담을 덜어주고 이를 통해 터득한 기술과 방법들을 생활 속에서 쉽게 실천할 수 있도록 하는 것이었다.

　이 프로그램은 여러 차례 시험운영을 거쳐 참가자들의 의견을 수렴하여 다듬어졌다. 아직도 미흡한 점이 많겠지만, 앞으로 이를 보완하는 보충교재 역할을 다할 새로운 프로그램 개발을 위해 노력해 나갈 각오이다.

　독자 여러분이 이 책을 통해 느끼신 대로, 이 프로그램은 몸과 마음을 관리하는 기술을 연마하는 식의 심신수련법이라기보다, 각자의 삶을 행복하게 가꿔나가기 위한 생활관리 기술을 터득하는 순수한 자기개발 과정이다.

　앞으로 총 24시간(하루 8시간씩 연속하여 진행할 경우 3일 소요)의 워크숍 형식으로 진행될 이 프로그램은 일반인과 청소년(중 · 고생 중심)

으로 대상을 나눠 실시하되, 이 프로그램과 조화를 이뤄 시너지효과를 낼 수 있는 효율적인 건강관리 프로그램과 병행하여 실시하는 방안도 강구하고 있다.

일반인의 경우, 이 프로그램은 우선적으로 이 사회의 주류를 이루고 있는 기업이나, 정당·사회단체 구성원들의 집단의식 개발을 위한 교육 훈련 프로그램으로 역할을 다해, 공동체의식의 함양과 밝고 화목한 세상을 만드는 데 일익을 담당하고자 한다.

또 한편으로 가정관리자인 주부들의 자기개발과 전문직 종사자의 창조성 계발, 대학생들의 목표의식 고취를 위한 실증적인 프로그램으로 구실을 다해 나갈 것이다.

또한 청소년들의 몸과 마음을 되살리는 대안(代案) 교육 프로그램의 기능을 다하기 위해 식생활 방식의 개선과 자연생태 체험을 위한 다양한 프로그램도 아울러 실시하고 이들 프로그램을 안내할 수 있는 지도자 양성과정도 마련할 계획이다.

아무쪼록 독자 여러분의 관심과 조언을 구하고자 한다.

이 책과 함께 해준 독자들께 감사의 절을 올린다.

## 참고 자료

*After we die, what then?* , George W. Meek, Ariel press, 1987.

*Talk with SRI RAMANA MAHARSHI* , T. N. Venkataraman,1994.

「느끼기로 숨을 쉬는 삶을 살자」, 이구상, 〈지금여기〉(미내사), 1998.

「뿐선생이라 불리다 간 사람」, 이구상, 〈건강 丹〉, 1997. 1.

『0에서 0의 세계로』, 김용운, 고려원, 1991.

*Bhagavad-Gita commentary*, Maharishi Mahesh Yogi, Penguin-book, 1967.

『Son-rise를 말한다』, Barry N. Kaufman, 제6회 취산 국제 신과학 심포지 엄 논문집, 미내사 클럽, 2002.

*The choice for love Emmauel's Book* Ⅱ , Pat Rodegast & Judith, Bantam book, 1989.

『고정관념으로부터의 탈출』, 쌍용그룹 홍보실, 하우, 1993.

『과학은 지금 물질에서 마음으로 가고 있다』, 프레드 A. 울프, 박병철 · 공국진 역, 고려원미디어, 1992.

『과학자들이 털어놓는 氣 이야기』, 이충웅 · 방건웅 · 이상명, 양문, 1998.

『氣와 21세기』, 박병운 · 정재서 외, 양문, 1998.

『나에겐 이미 큰 힘이 있다』, 제리와 에스더 힉스, 박윤정 옮김, 도솔, 2001.

『다시 떠오르기』, 해리 팔머, 취산 옮김, 금비문화, 1996.

『돈을 끌어오는 마음의 법칙』, 시나야 로만 · 듀엔 패커, 주혜명 옮김, 물병자리 1998.

『뜻대로 살기』, 해리 팔머, 김선미 옮김, 금비문화, 1996.

『람타』, 스티븐 리, 웨인 버그, 이상무·송호봉 옮김, 여울목, 2000.

『마음으로 한다』, 존 키호, 신양숙 옮김, 정신세계사, 1991.

『마음을 다스리는 법』, 김정빈, 둥지, 1997.

『물은 답을 알고 있다』, 에모토 마사루, 양억관 옮김, 나무심는 사람, 2002.

『민족생활의학』, 장두석, 정신세계사, 1999.

『사람은 늙지 않는다』, 디팩 초프라, 이균형 옮김, 정신세계사, 1994.

『새로운 과학과 문명의 전환』, 프리초프 카프라, 이성범·구윤서 역, 범양사,
    1985.

『생명의 실상』, 다니구치 마사하루, 이원보 외 옮김, 태종출판사, 1981.

『성공을 부르는 마음의 법칙 일곱가지』, 디팩 초프라, 임희근 옮김, 삶과 꿈,
    1995.

『세스 매트리얼』, 제인 로버츠, 서민수 옮김, 도솔, 2001.

『신과 나눈 교감』, 닐 도널드 월시, 이현정·조경숙 옮김, 한문화, 2001.

『신과 나눈 우정』, 닐 도널드 월시, 조경숙 옮김, 아름드리미디어, 2000.

『신과 나눈 이야기』, 닐 도널드 월시, 조경숙 옮김, 아름드리미디어, 1999.

『신과학이 세상을 바꾼다』, 방건웅, 정신세계사, 1997.

『완전한 몸, 완전한 마음, 완전한 생명』, 전홍준, 에디터 , 1998.

『우주심과 정신물리학』, 이차크 벤토프, 류시화·이상무 역, 정신세계사,
    1987.

『우주의식의 창조놀이』, 이차크 벤토프, 이균형 옮김, 정신세계사, 2001.

『원하는 걸 얻으려면 자신부터 사랑하라』, 루이스 L. 헤이, 손혜숙 옮김, 아름
    드리미디어, 2001.

『원하라 허락하라 그리고 집중하라』, 제리와 에스더 힉스, 서수정 옮김, 도솔, 2001.

『육체가 없지만 나는 이 책을 쓴다』, 제인 로버츠, 서민수 옮김, 도솔, 2000.

『인격 책임론』, 김성천, 중앙법학 제 4집 제 3호, 2002.

『지금 이 순간을 살아라』, 에크하르트 톨레, 노혜숙 · 유영일 옮김, 양문, 2001.

『초개인 심리학과 유식학의 비교 연구』, 윤기옥, 동국대 불교대학원 석사학위 논문, 2000.

『초월의 길, 완성의 길』, 마하리시 마헤시 요기, 이병기 역, 범우사, 1983.

『프타 테이프-믿음의 행위』, 자니 킹, 김선미 옮김, 〈지금여기〉 별책자료, 1996.

『행복의 발견』, 스튜어트 매크리디, 김석희 옮김, 휴머니스트, 2002.

『현대물리학이 발견한 창조주』, 폴 데이비스, 류시화 역, 정신세계사, 1988.

『홀로그램 우주』, 마이클 탤보트, 이균형 옮김, 정신세계사, 1999.